BoD

Über die Autorin:

Es war einmal eine junge Frau, die von der Gedanken- und Gefühlswelt der Menschen fasziniert war. Nun hat sie sich entschieden das Abenteuer „Alltag in Beziehungen" näher zu betrachten, um den Geheimnissen einer langjährigen, glücklichen Beziehung auf die Spur zu kommen. Dabei erfährt sie, wie komplex und bunt Liebe sein kann. Sie findet Antworten auf die Fragen: Was kommt nach der Verliebtheit? Ist Liebe Arbeit? Was brauchen wir, um glücklich zu sein?

Amelia Bolohan, geboren 1976 in Rumänien, arbeitete über 20 Jahren im engen Kontakt mit Menschen und erfuhr so, was die wirklich großen Themen in Beziehungen sind. Sie lebt in München und arbeitet als systemische Einzel- und Paarberaterin.

Besuchen Sie uns im Internet:
www.verliebtvsliebe.de

Bibliografische Information der Deutschen Nationalbibliothek:
Die Deutsche Nationalbibliothek verzeichnet diese Publikation in der Deutschen Nationalbibliografie; detaillierte bibliografische Daten sind im Internet über http://dnb.dnb.de abrufbar.

Lektorat: Dr. Mathilde Fischer
Covergestaltung und Satz: Katja Bolle
Coverabbildungen: Katja Bolle / Verwendung einer Illustration von shutterstock
Herstellung und Verlag: BoD – Books on Demand, Norderstedt
ISBN: 978-3-7534-6058-1

AMELIA BOLOHAN

Die Wunderfrage
Verliebt vs Liebe

Roman

Emma hatte sich selbst ganz anders in Erinnerung. Sie war zwar schon immer die etwas zu Laute, zu Quirlige, zu Unangepasste gewesen, aber da war noch so viel mehr. Sie war zugleich ein Mensch mit Tiefgang, sie war verbindlich, vertrauensvoll, offen und dadurch eben auch verletzlich. Die Schutzmauer, die sie nach ihrem persönlichen Super-Gau hochgezogen hatte, verdeckt große Teile ihrer wahren Persönlichkeit. Es gab nur allzu viel, was erst einmal geheilt werden wollte. Dabei wirkt sie so selbstbewusst und wurde dafür auch beneidet.

Beruflich ist sie als Headhunterin sehr erfolgreich, sie hat sehr viel mit den Alphatieren in den Chefetagen zu tun, und denen begegnet sie auf ebenbürtiger Weise. Es macht sie glücklich zu wissen, dass sie genauso erfolgreich ist und mindestens genauso viel Geld besitzt wie diese Männer.

In der Regel fühlt sie sich stark, einflussreich und lebendig. Sie genießt es, wenn sie ihr Frausein und ihre Attraktivität zelebriert.

Und sie genießt auch ihr Singledasein, sie lebt nach dem Motto: „Versuchungen sollte man nachgeben. Wer weiß, ob sie wiederkommen."

Doch dann ist da auch noch etwas anderes. Manchmal gibt es in ihr, tief verborgen und sehr leise, auch eine undefinierte Sehnsucht. So als würde sie etwas vermissen, so als sollte etwas anders sein. Eigentlich weiß sie, tief in ihrem Inneren, dass es notwendig ist, dieser leisen Sehnsucht auf den Grund zu gehen.

Seltsamerweise taucht dieses Gefühl ohne jede Warnung plötzlich in Momenten vollkommener Ruhe auf. Etwa, wenn sie sonntags, meistens alleine, ihren ersten Kaffee genießt. Sie mag den Sonntag nicht besonders. Ganz anderes die Samstagnacht. Sie gibt ihr das Gefühl, vielleicht auch nur die Illusion, viele Freunde zu haben, die gerne mit ihr Zeit verbringen. Doch wo sind sie alle, wenn es einmal nicht um Champagner, Partys und Sex geht?

In solchen Momenten vermisst sie ihr früheres Leben, das Leben, das sie führte, bevor ihr Herz gebrochen wurde.

Die Trennung von Toby traf sie wie der Schlag einer Abrissbirne. Ihr Selbstvertrauen, die Zukunftspläne, der Glaube an die Liebe lagen vor ihr wie der Schutt eines Hauses, das wie in einer orkanartigen Aktion zerstört worden war.

Würde sie es jemals schaffen, das schöne Bild ihrer Vergangenheit wieder auferstehen zu lassen? Woher sollte sie die Energie, den Mut und das Vertrauen dafür nehmen? Emma ahnte, dass es eine große und langandauernde Aufgabe sein würde, alle Teile des zertrümmerten Hauses – so erlebte sie sich jedenfalls – neu zu ordnen.

Tage- und vor allem nächtelang stellte sie sich ununterbrochen dieselben Fragen: War es ihre Schuld? Hatte sie etwas falsch gemacht, oder hatte sie etwas übersehen? War es womöglich zu gemütlich geworden, als sie sich in ihrer Beziehung mit Toby sicher fühlte?

Sie gehörten nicht zu den Paaren, die mehrmals am Tag kommunizieren müssen, um sich zu versichern, dass sie aneinander denken und sich lieben. Sie waren beide beruflich sehr engagiert, sie hatten eigene Freunde und Interessen, und dennoch haben sie stets darauf geachtet, dass sie als Paar regelmäßig Zeit zusammen verbrachten. Für Toby war das alles offensichtlich nicht genug. Was hatte ihm gefehlt?

Nach außen hin wahrt sie tapfer den Schein. Das innere Chaos, das die Trennung hinterlassen hatte, konnte sie nur einem einzigen Menschen gegenüber offenbaren: Marie. Marie war ihre beste und älteste Freundin. Eine zarte Fee, die das Glas immer mindestens halbvoll sah.

Auf Marie war schon immer Verlass. Schon die ersten Schuljahre, die die beiden miteinander verbracht hatten, war sie für Emma eingestanden. Mit ihrer stürmischen Art hatte nämlich die kleine Emma ein Talent dafür, Ärger anzuziehen. Unerschrocken wollte sie sich unbedingt mit den Jungs beim Spielen messen. Sie hatte absolut kein Verständnis dafür, dass sich für Mädchen angeblich manches einfach nicht schickte.

Später provozierte sie gerne, verstrickte ihre Umgebung in endlose Diskussionen darüber, welche Rolle Frauen in der Gesellschaft einnehmen sollten. Auch beim Feiern stand sie nicht hinten an, sie war die erste auf der Tanzfläche und gerne eine der letzten, die den Club verließ. Marie war die etwas schüchterne und loyale Freundin an ihrer Seite. Emma nannte sie liebevoll „meine bessere Hälfte" und bewunderte ihre besonnene Art.

Bei Marie und Tom fand Emma auch in den ersten Wochen nach der Trennung Unterschlupf, um ihre Lage überhaupt begreifen zu können.

Sie hatte nur persönliche Sachen dabei. Die Möbel, die sonstige Einrichtung aus der gemeinsamen Wohnung – das alles war ihr total egal. Sie wollte nichts in ihrer Nähe haben, was sie an Toby erinnern konnte. In den folgenden Wochen säuberte sie ihr Handy immer wieder von seinen Nachrichten. Seine Anrufe ignorierte sie.

Die erste Zeit war Emma tagelang absolut konfus, ihr Kopf schien wie Watte und sie fühlte sich, wie in einem Kokon verpackt. Sie bekam zwar alles mit, was um sie geschah, dennoch drang nichts wirklich zu ihr durch.

Sie wusste nicht, ob sie Trost brauchte, ob Alkohol – oder einfach nur Distanz. Sie entschied sich jedenfalls für „Ja", bei

der Frage: „Möchten Sie diese Person wirklich blockieren?"
Sie trennte sich von allem, was durch ihn kontaminiert war.

Bestimmte Straßen, Restaurants, Kinos waren ab nun für sie tabu. Die Stadt wurde zu einem Minenfeld. Zu jeder Zeit, an jeder Ecke konnte ein Sprengkörper hochgehen, der ihr Herz zu zerfetzen drohte.

„Wofür? Wofür? Wofür bin ich ihm begegnet?", fragte sie sich pausenlos.

An jeder Ecke lauerte eine Erinnerung an ihn.

Und dann stürzte sie sich regelrecht in die Arbeit. Ihr oberstes Gebot lautete nun: „Wenn ich schon durch die Hölle gehen muss, dann will ich aber niemals und auf keinen Fall stehen bleiben."

Tagsüber funktionierte sie. Doch nachts sah das alles schon anders aus. Immer und immer wieder hatte Emma denselben Traum: Sie stieg in einen Fahrstuhl. Plötzlich fingen die Wände an, sich zu verändern. Die wurden unförmig, schief, teilweise drohten sie, Emma zu zerquetschen. Sie spürte die wahnsinnige Geschwindigkeit und konnte durch Löcher in den Wänden sehen, wie unglaublich hoch der Fahrstuhl fuhr. Sie war total verängstigt und angespannt. Immer wieder tat sich in der Fahrstuhlwand ein Spalt auf und es bot sich ihr die Möglichkeit, auszusteigen, aber nie da, wo sie aussteigen wollte. Sie hatte keine Ahnung, wo sie hinwollte, aber sie zog es vor, die bedrohliche Fahrt auszuhalten.

„Werde ich jemals wieder einem Mann vertrauen und eine ernsthafte Beziehung haben können?", fragte Emma ihre liebe Marie jeden Morgen nach dem Aufstehen.

„Ich werde darauf achten, dass meine beste Freundin keine verbitterte, zynische alte Jungfer wird", war dann die Antwort von Marie.

Sie hatte ein feines Gespür dafür, wann es angebracht war, einfach mitfühlend zuzuhören oder Emma aus ihrem Selbstmitleid herauszuziehen.

Marie kannte Emma in- und auswendig. Sie wusste, dass es viel Zeit brauchen würde, bis sie diese Katastrophe überstanden haben würde. Emma machte gerne Vieles mit sich selbst aus und erst wenn sie nicht mehr weiter wusste, bat sie um Hilfe.

Marie verbrachte viele Stunden mit Emma und versuchte, ihre Gefühle wahrzunehmen und ihre Gedanken zu ordnen.

Nach circa einer Woche, nachdem die beiden, Emmas Kummer mit ein paar Flaschen Wein betäubt hatten, wechselten sie zu Maries berühmtem Ingwer-Zitronen-Ahornsirup-Tee.

„Es macht wirklich keinen Sinn, das Gefühlschaos mit Wein zu ertränken. Am Ende würde man den Schaden auch noch in meinem Gesicht sehen", überlegte Emma und entschied sich für den Wellness-Drink.

„Wer auch immer behauptet, es wäre möglich, nach einer solchen Enttäuschung einfach weiter zu machen und alles hinter sich zu lassen, ist mir suspekt. Ich bin einfach verzweifelt, wütend und traurig", sagte sich Emma und massierte sich dabei nachdenklich die Schläfen, als würden ihr ihre Gedanken Kopfschmerzen verursachen.

„Ach Liebes", sagt Marie mit einer Stimme, die sie liebevoll umarmte. „Alles, was du fühlst, hat seine Berechtigung. Und irgendwann wirst du bereit sein, die Karten neu zu mischen und weiterzumachen."

„Manchmal frage ich mich, ob er, genau wie ich, ständig über uns nachdenkt, über sein Verhalten und über seine Gründe …, oder, ob er die frei gewordene Tanzkarte einfach neu vergeben hat und weiter macht. Ich frage mich auch, ob die Sätze, die verlassene Frauen so oft hören, wahr sind. Diese abgegriffenen Prophezeiungen von der Art: ‚Eine Frau wie dich, wird er niemals wieder finden‘, oder ‚Du wirst ganz sicher bald dem Richtigen begegnen‘. Ich hasse diese Floskeln!"

„Das sind doch sicherlich gut gemeinte Worte. Sie können natürlich ein blutendes Herz nicht heilen", antwortet Marie.

„Ja, niemand kann den Sturm hinter meinem Lächeln erahnen", sagt Emma mit glänzenden Augen.

Emma spürte kein bisschen Genugtuung oder Trost, wenn ihr versichert wurde, wie wunderbar sie sei und was Toby alles bereuen würde. Was änderte das schon?

Sie ahnt, dass der Weg zurück zu Leichtigkeit, Vertrauen und Liebe durch Angst hindurchführen würde. Irgendwann würde sie alles auf eine Karte setzen müssen, um ihr Herz vertrauensvoll neu zu verschenken. Zuerst aber war sie selbst an der Reihe, erst musste sie mit sich selbst wohl einiges klären.

Emma will kein Mitleid erwecken. Ihrem Bekanntenkreis teilt sie, fast emotionslos, das Ende ihrer Beziehung mit.

„Übrigens, ich bin wieder auf dem Singlemarkt", erwähnt sie beiläufig.

„Aber ihr wart doch so ein schönes Paar! Was ist passiert?", fragten viele dann ungläubig. ‚Ist das Neugierde, echtes Mitgefühl oder purer Voyeurismus?‘, denkt sich Emma jedes Mal.

„Toby wollte auch mit anderen Frauen ein hübsches Bild abgeben", ist ihre Standardantwort darauf.

Emma wollte nicht in Selbstmitleid versinken, und obwohl ihr nicht danach zumute war, ließ sie sich zögerlich auf Lias Angebot ein, das Single-Leben doch einfach auszuprobieren. „Komm, tanzen wir drüber hinweg!", war der Spruch, der Emma überzeugte, den ersten kleinen Schritt zurück ins Leben zu setzen.

Sie vertraute Lia, obwohl sie sich gar nicht so lange kannten. Trotzdem teilte sie auch ihr nur lapidar mit, dass sie und

Toby nicht länger ein Paar seien. Sie sah die Fragen und das Entsetzen in Lias Gesicht. Und sie rechnete ihr hoch an, dass sie nicht näher nachfragte. Sie verstand offenbar intuitiv, wie schmerzhaft es für Emma gewesen wäre, über die Geschehnisse zu sprechen.

Dr. Sommer

Als Emma ihren ersten Termin bei Dr. Sommer verein-barte, war sie bereits Fan von deren Podcast „Über die Kunst, eine lebendige Beziehung zu führen."

Die warme einladende Stimme und die Klarheit ihrer Aussagen weckten in ihr ein gewisses Vertrauen. Dr. Sommer nannte auf liebevoll unbequeme Weise die Probleme beim Namen.

„Nichts wird besser, wenn wir nicht unseren Hintern hochkriegen und unser Verhalten verändern", war die Aussage, die Emmas Vertrauen weckte.

„Wir können unserem Partner Unaufmerksamkeit vorwerfen, unseren Arbeitskollegen Respektlosigkeit unterstellen und das Wetter für unsere schlechte Laune verantwortlich machen – aber es sollte uns bewusst werden, dass wir alleine es sind, die den Dingen ihre Bedeutung geben", fuhr Dr. Sommer in ihrem Podcast fort.

„Da ist was dran", dachte Emma und abonnierte den Podcast. Einen Link schickte sie an Marie und Lia mit dem Kommentar „Rettung ist in Sicht", gefolgt von einem Smiley.

Die beiden Freundinnen lebten seit Jahren in glücklichen Beziehungen, wirklich helfen würde ihr wohl nur eine Therapeutin können, dachte Emma. Marie und Lia waren sehr verschieden von ihr. Marie hatte schon als kleines Mädchen von einem perfekten Leben mit Mann, Kindern, Hund, Haus und Garten geträumt. Glücklicherweise hatte sie Tom getroffen, ihre große Liebe, und das noch dazu sehr früh in ihrem Leben, und ihr Traum war Wirklichkeit geworden.

Lia hatte zunächst eher die perfekte Karriere im Sinn gehabt. Bis ihr Max begegnet war und sie eine, bisher unbeachtete Seite an sich entdeckt hatte. Sie verstand von Tag zu Tag immer besser, dass die Liebe kein Tauschgeschäft ist und dass man sich die Zuneigung eines Herzensmenschen nicht verdienen musste.

„Systemische Kommunikation" stand auf dem Praxisschild neben der Klingel.

‚Das klingt nicht so streng und ernst wie Therapiepraxis‘, dachte Emma bei sich und war gespannt auf die erste Begegnung mit der Therapeutin.

Dr. Sommer war der Name, den sie für sich selbst der Therapeutin gegeben hatte, als sie sie mit einem Augenzwinkern Marie gegenüber zum ersten Mal erwähnte. Es fühlte sich für Emma irgendwie weniger bedrohlich an, mit einer „Dr. Sommer" über ihre Erfahrungen zu reden und nicht mit einer Therapeutin.

„Schön, dass Sie da sind, Emma. Haben Sie gut hierher gefunden?"

„Ja, … danke schön", antwortet Emma leicht nervös.

Sie war überrascht, dieses flaue Gefühl im Magen zu spüren. Und das pochende Herz und den trockenen Mund. Eigentlich war sie nie eingeschüchtert, wenn ihr etwas Unbekanntes begegnete. Im Gegenteil, mit ihrer neugierigen, selbstbewussten Art überforderte sie manchmal ihr Gegenüber.

Schnell schweifte ihr prüfender Blick unauffällig durch über den Raum. Alles gab ihr eher das schöne Gefühl, in einem schicken, gemütlichen Boutique-Hotel zu sein als in einer Therapiepraxis. Die herzliche Begrüßung, der hohe helle Raum mit einer stilvollen Schwarz-Weiß-Fotografie an der Wand und pastellfarbenen Einrichtung amüsierten Emma insgeheim. ‚Es fehlt nur ein Aperitif, um mich wie mit den Mädels in der Ory Bar zu fühlen‘, ging ihr durch den Kopf.

„Möchten Sie was trinken, Emma?", fragte Dr. Sommer.

„Wie bitte?" Emma spürte, wie ihre Wangen erröten und für den Bruchteil einer Sekunde befürchtete sie, dass sie ihre Gedanken laut ausgesprochen hätte.

„Ein Glas Wasser für Sie?", fragte Dr. Sommer nach.

„Oh ja, ja ..., das wäre sehr lieb", antwortet Emma beruhigt. ‚Soweit, so gut', dachte sie und merkte, wie ihre Anspannung nachließ.

Ein Mädchentraum ist in Erfüllung gegangen

Maries Mädchentraum von der eigenen glücklichen Familie sollte Realität werden, als sie vor circa sieben Jahren Tom begegnete. Der erfolgreiche Jungunternehmer war in ihre Galerie gekommen auf der Suche nach passender Kunst für seine Junggesellenwohnung.

„Bunt, frech, provokativ", beschrieb er seine Vorstellung darüber, als Marie danach fragte, was für eine Art von Kunst er sich wünschte.

Tom tat sich nicht leicht mit der Entscheidung, obwohl er von ein paar Objekten sehr angetan war.

Trotzdem war der Besuch in der Galerie für ihn ein Erfolg auf ganzer Linie. Er hatte Maries Handynummer bekommen.

„Es war Liebe auf dem ersten Blick. Es ist wahre Liebe", erzählte Marie später immer wieder mit leuchtenden Augen.

Für Marie schien alles möglich zu sein. Spielerisch schafften die beiden Verliebten den Spagat zwischen Nähe und Selbstverwirklichung, zwischen Beständigkeit und Wachstum. „Er ist ein kreativer Chaot und wilder Draufgänger, und dabei der liebevollste Romantiker", beschreibt ihn Marie total verliebt.

„Hätte ich dich nicht so lieb, würde mir deine ständige Schwärmerei auf die Nerven gehen", stichelte Emma manchmal und nahm dabei Marie ganz fest in den Arm.

Die Liebe von Marie und Tom wurde überraschend schnell gekrönt durch die Geburt des kleinen Jakob. Das berauschende Glück nahm offensichtlich Fahrt auf und ließ sich durch nichts eingrenzen. Bald fanden sie ein kleines Haus inmitten eines grünen Gartens. Marie verliebte sich sofort in dieses Nest. Sie war sich vom ersten Moment an sicher, dass dieses Haus für sie bestimmt war. Sogar ihre Lieblingsbäume wuchsen in diesem Garten, ein riesiger, starker Kastanienbaum und eine scheinbar zarte Trauerweide. Sie konnte sich gleich bildlich vorstellen, wie ihr kleiner Jakob irgendwann Spaß daran haben würde, an den Ästen der Trauerweide zu schaukeln.

Marie wollte für den kleinen Jakob nur das Beste, sie wollte ihr Mutterglück voll auskosten und endlich das Leben genießen, von dem sie schon als kleines Mädchen geträumt hatte. Sie gab ihren Job auf und freute sich voll und ganz auf ihre neue Rolle als Mutter und Ehefrau.

Zusammen mit Emma und Lia genießt Marie das erste gemeinsame Frühstück im eigenen Garten. Der gedeckte Tisch im Schatten der Trauerweide scheint einem Film entsprungen zu sein. Die weiße Tischdecke, das Porzellan-Teeservice, Etageren mit Obst, Eiern, Lachs, frischen Semmeln und Brezen.

„Ich bin so glücklich, dass mir das manchmal Angst macht", behauptet Marie, während sie etwas Obst in ihr Müsli mischt.

„Du hast Angst davor, glücklich zu sein?", fragt Lia ungläubig.

„Nein …, ich bin glücklich, erklärt Marie strahlend. Es ist nur so …, ich habe alles bekommen, wovon ich schon als kleines Mädchen geträumt habe. Den perfekten Mann, der mich anbetet, das süßeste Kind der Welt, dieses unglaubliche Haus mit Garten. Niemand hat nur Glück im Leben! Ich bekomme manchmal Angst, mein Glück aufzubrauchen und dann?"

„Süße, wenn es jemand verdient, unendliches Glück im Leben zu haben, dann bist du doch diese Person", erklärt Emma mit Bestimmtheit.

„Deine geliebte Dr. Sommer hat mich daran erinnert, dass der Rausch des Anfangs nicht für immer bleibt", antwortet Marie gespielt vorwurfsvoll.

Die fragende Blicke machen ihr jedoch klar, dass Lia und Emma keine Ahnung haben, wovon sie spricht.

„Ihr habt den letzten Podcast noch nicht gehört!", sprudelte aus Marie raus. „Das müssen wir sofort nachholen", sagt sie und tippt aufgeregt auf ihr iPhone.

Es ist ein geliebtes Ritual geworden, sich dazu regelmäßig auszutauschen. Oft lassen sie sich auf hitzige Diskussionen ein, denn die absolute Wahrheit gibt es bekanntermaßen in der Liebe nicht.

Marie legt ihr Handy zwischen den Etageren, Schüsseln und Marmeladengläser in die Mitte des Tisches und drückt auf „Play".

Die inzwischen vertraute Stimme von Dr. Sommer lässt die Mädels still und aufmerksam werden.

***

Podcast Dr. Sommer
Verliebt vs Liebe

Ihr Lieben, let's talk about „Verliebtsein" versus „echte Liebe".

Es ist für viele ein Rätsel: Was wird aus unseren Gefühlen, wenn die Schmetterlinge im Bauch aufhören zu flattern?

Was passiert mit den gemeinsamen Träumen? Wo ist das perfekte Wesen, das uns so verzaubert hat? Wir waren anfangs davon überzeugt, bis ans Ende der Zeit glücklich zusammenzuleben.

Eines ist sicher. Wenn wir uns frisch verlieben, sind wir nicht mehr wir selbst. Vielmehr erleben wir etwas Magisches. Die Männer fühlen sich angenommen und bewundert. Ihr größter Wunsch ist, das perfekte Wesen an ihrer Seite zufrieden zu stellen. Die Frauen fühlen sich geliebt, verwöhnt, respektiert und beschützt.

Beide leben im Idealzustand. Um diesen Idealzustand zu halten, zeigen wir uns von unserer besten Seite. Wir erlauben unserem Partner, nur die Eigenschaften an uns zu sehen, die wir für besonders liebenswürdig halten.

Es ist eine sehr romantische Vorstellung zu glauben, dass das Verliebtsein, ohne unser Zutun ewig erhalten bleiben würde. Die Idee wird uns von Hollywood & Co eingepflanzt: wahre Liebe ist leicht, man ist füreinander bestimmt …

Die Liebesfilme enden allerdings meistens direkt, nachdem die Partner sich die Liebe eingestehen oder heiraten. Wir bekommen meistens den Alltag, die schreienden Kinder, die überfüllten Mülleimer, die dreckigen Socken nicht mehr mit. Es ist ein Irrglaube, dass wir nur den richtigen Partner brauchen, damit alles leicht ist und ohne unser Zutun für immer leicht bleibt.

Wenn wir uns verlieben, erhalten wir eine gratis Kostprobe vom Paradies. Das Eröffnungsangebot ist meistens nur für kurze Zeit gültig und es liegt an uns zu entscheiden, ob wir bereit sind, den Preis für eine dauerhafte Mitgliedschaft zu zahlen.

Der Zauber zerbricht, wenn wir vergessen, dass wir in unseren Wesen verschieden sind, wenn wir verpassen, unsere Unterschiede zu akzeptieren und zu achten.

Verliebt zu sein ist berauschende Magie. Die Liebe hingegen ist kein Rausch mehr. Die Liebe verbindet Verstand und Gefühl. Sie ist eine Überraschungsbox, sie ist eine Einladung, auf Entdeckungsreise zu gehen. Und wir wissen es alle, es reist sich besser mit leichtem Gepäck. Der Ballast der Vergangenheit und die Zukunftsängste sollten abgeworfen werden.

Meine Lieben, genießt das Verliebtsein und freut Euch auf die wahre Liebe.

***

„Wie seht Ihr das eigentlich? Findet Ihr, dass jede Beziehung dazu verdammt ist, zu zerbrechen, wenn die Leidenschaft und das Feuer verloren gegangen sind? Ist man irgendwann nur noch Mutti und Vati füreinander?", fragt Marie, während sie ein Stückchen Zitrone in ihre Teetasse auspresst.

„Ich weiß nur, die Kunst in längeren Beziehungen ist, den Sex immer wieder wie eine aufregende Premiere erscheinen zu lassen. Das hatte ich offensichtlich nicht drauf", antwortet Emma und beißt genüsslich in ihr Schokocroissant.

„Findest du nicht, es wäre zu einfach gedacht, eine gute, lange Beziehung nur auf heißen Sex zu reduzieren? Der Sex gehört unbedingt dazu, aber er ist doch nur ein Bruchteil von dem, was ein Paar ausmacht", lässt Marie nicht locker.

„Hmm …, das sagen eben die, die in ihrer Beziehung keinen oder nur wenig Sex haben", kontert Emma. „Dann werden gerne die Karten mit den Werten ausgespielt: Vertrauen, Verbindlichkeit, Humor …"

„Ein aktives Sexleben signalisiert doch auch: Ich bin jung, ich werde begehrt. Und wenn der Sex weniger wird, denkt oft mindestens einer der Partner – ich bin nicht mehr attraktiv oder werde nicht mehr geliebt", meint Lia dazu.

„Eben. Sex ist nur ein Teil der Beziehung, hat aber eine enorme Bedeutung. Glaub mir Marie, Toby und ich hatten eine harmonische Beziehung. Der Sex war vertraut und schön, aber für Toby offensichtlich nicht mehr dirty und oft genug. Und genau das habe ich übersehen", erwidert Emma.

„Willst du damit sagen, du warst selber daran schuld, dass er dich hintergangen hat?", antwortet Marie entsetzt.

„Aber nein, absolut nicht! Betrügen ist unentschuldbar! Ich will damit nur sagen, dass in einer Beziehung unterschiedliche sexuelle Bedürfnisse durchaus vorkommen können. Aber solange beide das Gleiche wollen, gibt es kein Zuviel oder Zuwenig, kein Zu-gewagt oder Zu-bieder."

„Eigentlich hat Dr. Sommer den Unterschied zwischen Verliebtsein und Liebe gar nicht in Verbindung mit Sex gebracht. Wieso haben wir uns so sehr darauf versteift?", unterbricht Lia den angeregten Meinungsaustausch.

„Weil über Sex zu reden viel mehr Spaß macht, als über dreckige Socken und überfüllte Mülleimer", antwortet Emma und lässt dabei Marie nicht aus den Augen.

‚Marie war schon immer eine leidenschaftliche Kämpferin, wenn es um ihre Überzeugungen ging. Sie würde aber nicht nur um des Redens willen ein solches Fass aufmachen', denkt Emma für sich. Sie merkt, wie sich eine leise Befürchtung bei ihr einschleicht. Der Alltagstrott stellt unbemerkt seine Fallen in jeder Beziehung.

Marie hängt noch ein Moment ihren Gedanken nach. „Ich bin inzwischen jedenfalls überzeugt, dass jede Beziehung, egal wie gut sie ist, auch Kompromisse braucht", sagt sie nach einer Weile.

„Bin voll deiner Meinung. Wenn die Schmetterlinge im Bauch Ruhe geben und wir beim anderen nicht mehr alles süß und liebenswert finden, geht es darum, sich gegenseitig mit unseren Eigenarten anzunehmen. Wenn irgendwie möglich …", fügt Lia lächelnd hinzu.

„Ich erinnere mich, wie ich es anfangs total lieb von Tom fand, wenn er mir sonntags das Frühstück ans Bett brachte. Es störte mich gar nicht, dass die Küche anschließend eine Grundreinigung nötig hatte. Inzwischen ist er sonntags oft nicht mal zu Hause – irgendwelche Deadlines oder Teammeetings sind wichtiger", meint Marie ernüchtert.

„Vielleicht ist es gar nicht verkehrt, ein bisschen unzufrieden zu sein. Ich glaube, genau das bringt uns oft erst in Bewegung", sagt Emma und denkt dabei an ihre Erfahrung als Headhunterin. Die meisten ihrer Klienten fanden den Mut, sich auf etwas Neues einzulassen, erst als die vertraute Situation richtig unbequem wurde.

„… und es bewahrt uns davor, allmählich eine gemütliche, aber nur noch lauwarme Beziehung zu haben", führt Lia Emmas Gedanke weiter.

Marie fängt an zu kichern: „Kennt ihr die Paare, die scheinbar miteinander verschmolzen sind? Wo es nur noch ein WIR gibt? ,Wir denken, wir wollen, wir machen' …"

„Sehr unsexy", rümpft Emma die Nase. „Diese Verschmelzung tötet ganz sicher die Lust."

Durch das Gartentor hinter dem Kastanienbaum kommt ein gut gelaunter Tom mit einem riesigen Sonnenblumenstrauß.

„Hallo mein Engel, schön dich zu sehen", sagt er zu Marie, bevor er sie liebevoll küsst und ihr den Blumenstrauß entgegenstreckt.

„Hallo Mädels, lasst euch nicht stören", begrüßt er gleich darauf Lia und Emma.

„Hi Tom, du kommst gerade richtig, um noch was vom Frühstück zu ergattern", antwortet Emma und winkt ihm dabei zu.

„Ich kann dir einen frischen Kaffee machen", bietet ihm Marie an, während sie die Blumen in eine Vase steckt.

„Danke dir, Liebes. Ich habe im Büro mit den Jungs gefrühstückt. Ich muss noch ein paar Anrufe machen und setze mich später zu euch", antwortet Tom und geht ins Haus an seinen Schreibtisch.

Marie setzt sich wieder zu den Mädels an den Tisch und versucht, ihre Enttäuschung zu verbergen. „Es sieht nicht so aus, als wären Tom und ich gefährdet zu verschmelzen und die Lust zu killen", sagt sie zwar lächelnd, aber ihre Stimme klingt irgendwie traurig.

„Und darüber solltest du sehr froh sein! Eine gute Beziehung braucht zwei eigenständige Partner, die mit sich im Reinen sind und ebenso gut alleine im Leben bestehen könnten", antwortet Lia und versucht über Maries leichte Unsicherheit hinwegzusehen.

Lia ist der verkörperte Pragmatismus, die wandelnde Perfektion.

In ihrer Kanzlei scheut sie keinen Konflikt, sie sieht darin eine willkommene Abwechslung. Denn sie hat alles im Griff. Die Kanzlei, ihre Beziehung zu Max, das Bindegewebe ihres Körpers.

Lia und Emma haben sich beruflich kennengelernt.

Lia war anfangs sehr zurückhaltend und professionell. Privat hatte sie schon immer eher zu den Jungs einen besseren Draht. Klare Ansagen, klare Positionen …, damit konnte sie gut umgehen.

Von Emma aber war sie fasziniert durch deren wilde Mischung aus absoluter Professionalität, entwaffnendem Charme und selbstbewusster Feminität.

***

Podcast Dr. Sommer
„Everybody's darling" – Erfolgsgarant oder Harmoniefalle?

Hallo Ihr Lieben, ich möchte heute mit Euch über ein Phänomen reden, das besonders uns Frauen betrifft. Viele von uns versuchen, die immer liebende, verständnisvolle, hilfsbereite Frau, das geduldige und leise Wesen zu sein, das von allen gemocht wird. Wir versuchen oft „sicher" und „unter dem Radar" durchs Leben zu gehen. Doch dadurch laufen wir Gefahr, uns am Ende ausgenutzt und ausgesaugt zu fühlen. Manchmal sogar von unseren Liebsten an unserer Seite.

Wie wäre es, uns selbst treu zu bleiben und zu unserer eigenen Wahrheit zu stehen? Das kann unbequem werden, wehtun, es kann längst falsche, ausgelutschte Beziehungen enttarnen und auch schon einmal Chaos verursachen.

Die Wahrheit kann manches auf den Kopf stellen. Es braucht Mut, um zuzugeben, dass unsere bescheidene Genügsamkeit auf Dauer nicht glücklich macht.

Ich möchte Euch ein paar Zeilen vorlesen, die aus einer britischen Zeitschrift aus dem Jahr 1955 stammen. Der Artikel heißt „Anleitung für die gute Ehefrau".

„Hören Sie ihm zu. Sie mögen ein Dutzend wichtiger Dinge auf dem Herzen haben. […] Vergessen Sie nicht, dass seine Gesprächsthemen wichtiger sind als Ihre. […] Der Abend gehört ihm. […] Begrüßen Sie ihn nicht mit Beschwerden und Problemen. […] Eine gute Ehefrau weiß stets, wo ihr Platz ist." – Wie geht's Euch damit, meine Lieben? Seid Ihr empört? Oder mindestens nicht einverstanden?

Haben wir Frauen tatsächlich panische Angst davor, eine Zicke oder eine verbissene Emanze genannt zu werden? Können wir tatsächlich nicht die goldene Mitte finden – selbstbewusst sein, auf uns und unsere Träume achten, und gleichzeitig liebevolle Partnerinnen sein?

Wir sind ganz sicher in der Lage, uns unsere Wünsche und Bedürfnisse bewusst zu machen, den Mut und das Selbstvertrauen zu zeigen, um uns selbst zu verwirklichen. Springen wir über die Harmoniefalle und trauen wir uns „Nein" und „Ich will" zu sagen.

Soweit mein Denkanstoß für heute, liebe Mädels. Ich freue mich auf euere Meinung dazu.

***

Es ist Sonntag. Der Tag in der Woche, der einem nichts abverlangt. Lia und Paul schlendern am See entlang und genießen die warmen Sonnenstrahlen. Es gurgelt und plätschert, mal laut, mal leise, je nachdem, ob ein Schwimmer, ein Paddelboot oder eine Entenfamilie vorbei schwimmen. Den Weg entlang wachsen prächtige Eichen, die wohltuende Schatten werfen und zarte, bunte Windröschen bedecken den Boden.

Lia und Paul verbindet eine Sandkastenfreundschaft. Schönreden brauchen sie sich gar nichts. Sie haben sich über die Jahre alle ihre Gedanken anvertraut, sich angeschrien und wieder getröstet, sich gegenseitig die Freundschaft aufgekündigt und dann versöhnt, die wildesten Pläne geschmiedet und sich gegenseitig geschworen, dass sie einander niemals aus den Augen verlieren würden. Eine Freundschaft fürs Leben also.

Als hätte sie das Thema lange beschäftigt und als wäre sie erleichtert, es endlich loszuwerden, stellt Lia eine überraschende Frage: „Ist die Bereitschaft mit einem anderen Mann zu flirten, ein sicheres Zeichen, dass eine Beziehung nicht mehr intakt ist?"

Paul verkneift es sich, stehen zu bleiben und sie fragend anzuschauen.

„Erzähl mir mehr …"

„Ich war vor ein paar Monate auf einem Anwaltskongress in Berlin. Den Abend habe ich mit ein paar Kollegen an der Hotelbar ausklingen lassen."

Lia macht eine kurze Pause, als würde sie den Abend Revue passieren lassen. Die verführerische Atmosphäre, das gedämpfte Licht, die stimmungsvolle Livemusik und die vielen Drinks ….

„Es wurde spät, die anfängliche Zurückhaltung und der höfliche Smalltalk ebbten ab und das Gespräch wurde immer intensiver", erzählt Lia weiter, „bis mir irgendwann klar wurde, dass mein Anwaltskollege Philipp und ich alleine an der Bar saßen. Wir philosophierten über alles Mögliche – was ist aus unseren Träumen und Sehnsüchten geworden? Legten wir zu viel Wert auf Selbstverwirklichung? Oder doch zu wenig? Wo erkennt man sich selbst? Im Erfolg? In der Liebe? Oder im Sex? Und was wollten wir eigentlich? Wir waren mal tiefsinnig und persönlich, mal ironisch und zweideutig."

Lia macht eine Pause, kaut nervös auf ihre Lippen und schaut nachdenklich über den glitzernden See. Paul kann Ihre Anspannung deutlich wahrnehmen.

„Wart ihr … die ganze Nacht zusammen?", fragt er vorsichtig und hofft, dass Lia entschieden protestiert.

„Nein, nein. Ich wurde hellwach, als Philipp mir in den Augen schaute und vorschlug, die Drinks mit ins Zimmer zu nehmen. Ich war versucht, das Spiel mit dem Feuer zu Ende zu spielen. ‚Niemand würde es erfahren', so meine Gedanken."

Paul konnte deutlich sehen, dass Lias Wangen glühten. Vielleicht war die Sonne daran schuld oder es waren die Gedanken an Philipp.

„Ich fühlte mich so begehrt und machtvoll! Ich wollte dieses fast vergessene Gefühl festhalten und genießen können."

Paul legt seinen Arm um Lias Schultern und glaubt zu verstehen, worum es ihr in dieser Nacht ging.

„Wir haben uns jedenfalls erst am Morgen wiedergesehen", fuhr Lia mit ihrer Erzählung fort. Am Frühstücksbüffet nutzte Philipp jede Gelegenheit, mir nahe zu sein. Ich begann aber mein eigenes Spielchen. Ich wusste genau, dass er mich nicht aus den Augen ließ und bewegte mich immer wieder von ihm fort. Egal, was er tat, um in meiner Nähe zu sein, ich drehte mich wie zufällig um und entwischte ihm.

Der Rausch der letzten Nacht war für mich irgendwie vorbei, aber es knisterte noch gewaltig."

„Und … was verunsichert dich eigentlich so sehr? Ok, du hast den Abend genossen, ein bisschen geflirtet, aber warum zweifelst du gleich an deiner Beziehung zu Max?"

Paul kann an Lias Verhalten nichts Verwerfliches sehen. Sie führt eine harmonische, liebevolle Beziehung mit Max. Zusammen sind sie ein eingespieltes Team. Ein harmloser Flirt kann eine langjährige Beziehung sogar beleben, denkt Paul und versucht, die Fakten zu ordnen.

„Ich habe Philipp letzte Woche wiedergesehen. Ein Essen", erzählt Lia weiter. „Es hat sich aber wie ein richtiges Date angefühlt. Den ganzen Tag war ich nervös, voller Vorfreude und das Schlimmste … ich habe Max angelogen."

„Inwiefern?"

Langsam wird Paul doch etwas nervös. ‚Ruhig bleiben, abwarten, es klärt sich gleich alles auf', denkt er.

„Ich habe ihm zwar erzählt, dass ich mit Philipp essen gehe, habe ihm aber versichert, dass es dabei nur um Berufliches ginge … Natürlich habe ich kein Wort verloren über die Schmetterlinge in meinem Bauch! Ich befürchte jedenfalls, ich habe ein wenig zu sehr betont, dass es rein geschäftlich sei."

‚Die Geschichte ist also doch komplizierter', überlegt Paul. Es ist das erste Mal seit langer Zeit, dass er Lia unsicher und verletzlich erlebt.

„Sein Anruf hat mich letzten Dienstag überrascht", fuhr Lia fort. „Ich habe seine Stimme sofort erkannt und mein Herz fing an zu rasen. Dieses Gefühl habe ich schon lange nicht mehr gehabt. Ich war voller Vorfreude, schaute im

Minutentakt auf die Uhr, meine Wangen glühten. Den Rest des Tages habe ich praktisch nur noch damit verbracht, nachzudenken, welches Outfit ich für den Abend auswählen würde und ob wir die tiefgründigen und die gewagten Themen von neulich wieder aufnehmen würden."

Für Paul ist es spürbar, wie sie versucht, ihre Gedanken und vor allem ihre Gefühle zu sammeln.

Paul weiß, dass es jetzt unpassend wäre, Lias innerliches Chaos nicht ernst zu nehmen. Er lässt ihr Zeit. Es geht hier offensichtlich um mehr, als nur um einen unschuldigen Flirt.

„Philipp hat mir den ganzen Abend das Gefühl gegeben, dass wir alles füreinander sein könnten. Ich habe dieses Spiel total genossen und ihn in dem Glauben gelassen, nicht abgeneigt zu sein." Sie schmunzelt und schüttelt den Kopf.

„Diese unkontrollierte, unvernünftige Seite mochte auch Max an mir. Früher, am Anfang unserer Beziehung, konnte ich auch mal gelassen sein. Ich habe zum ersten Mal, nach langer Zeit mal wieder die Kontrolle abgeben können und ich glaube, das könnte mir gefährlich werden."

„Wovor hast du eigentlich Angst? Max und du, ihr seid doch so ein harmonisches Paar."

„Ja, wir sind ein eingespieltes Team. Ich befürchte aber, dass wir uns als Liebende voneinander entfernt haben. Ich liebe ihn, er ist großartig, aber wir sind ‚best friends' geworden. Die Zeit, als ich mich nach der Arbeit in Schale geworfen habe und wir uns in Restaurants über den Tisch hinweg Händchen haltend tief in die Augen geschaut haben, die ist einfach vorbei."

„Das Einzige, was du in der Beziehung mit Max vermisst, ist das Kribbeln im Bauch?"

„Nicht unbedingt das Kribbeln. Ich weiß, das ist eine Begleiterscheinung, wenn man verknallt ist. Vielmehr vermisse ich die Neugierde füreinander.

Wir sind uns vertraut, wir kennen uns in und auswendig und wir matchen total. Das killt aber die Neugierde, die Lust und die Spannung."

„Und genau das reizt dich an Philipp?"

„Glaub schon …"

„So sehr, dass du …?"

„In der Nacht in Berlin wäre alles möglich gewesen. Das Treffen letzte Woche war ein einziges Vorspiel, aber ich liebe Max und will meine Beziehung nicht so leichtsinnig gefährden. Es ist mir jedenfalls bewusst geworden, dass wir eine gewisse Routine und Selbstverständlichkeit zugelassen haben. Das hat sich einfach reingeschlichen."

„Du ahnst es nicht, wie erleichtert ich bin! Ein Traumpaar, wie Ihr beide es seid, scheitern zu sehen, hätte meine Hoffnung auf eine gescheite Beziehung endgültig zerstört."

„Was meinst du damit?", fragt Lia überrascht.

„Anna und ich haben uns getrennt. Besser gesagt, Anna hat einen anderen Weg gewählt. Du weißt schon …, es hieß wieder einmal: ‚Du bist clever, liebevoll und der Sex mit dir ist unglaublich. Es ist nur so, du bist nicht der Mann, mit dem ich mir eine Beziehung vorstellen kann.‘ Dabei habe ich alles getan, um ihr zu zeigen, wie wichtig sie mir war."

„Paul, ganz ehrlich … manchmal zweifle ich an der Zurechnungsfähigkeit der Frauen!"

„Das Thema müssen wir auf jeden Fall vertiefen", sagt Paul lächelnd. „Aber zuerst bringe ich dich nach Hause, zu deinem Traummann."

„Möchtest du wirklich nicht darüber reden?", fragt Lia nochmals nach.

Paul schüttelt mit dem Kopf. „Genug Beziehungsdrama für heute", antwortet er und öffnet die Autotür, damit Lia einsteigen kann.

Die Rückfahrt verbringen sie schweigend. Lia schaut anfangs gedankenverloren aus dem Fenster. Ihre Lippen formen ab und zu ein leichtes Lächeln, wenn sie an Wiesen vorbeifahren, wo gemütliche Kühe wiederkäuend in der Sonne liegen. Irgendwann schließt sie die Augen und scheint entspannt zu schlafen.

Aber ihre Gedanken laufen auf Hochtouren.

Es ist erstaunlich, wie leicht es ist, vergessen Geglaubtes aufzuwühlen. Wie sehr die Verbindung zu unserer Kindheit doch immer wieder in unsere Gegenwart hereinspielt. Lia weiß, dass es an der Zeit ist, manche ihrer Überzeugungen und Verhaltensmuster in Frage zu stellen. Und sie ahnt, dass dafür wohl eine Reise in die Vergangenheit nötig sein wird.

Neugieriges Ausprobieren, etwas hinterfragen, angstfrei Fehler machen – das war in Lias Kindheit einfach nicht erwünscht. Ihr Entwicklungsweg war eng abgesteckt, und Abweichungen waren nicht vorgesehen.

„Wir sind hier nicht bei ‚Wünsch dir was‘", *„Ohne Fleiß kein Preis"*, *„Die anderen waren viel besser als du"* – solche „Lieblingssätze" ihrer Eltern treiben auch heute noch Lia sofort Tränen in den Augen. Sie spürt die bedrückende Enge in ihrer Brust. Ihre Hände ballen sich automatisch zu Fäusten.

Als kleines Mädchen hatte sie gespürt, dass von ihr etwas erwartet wurde und dass es sehr wichtig war, ihre Eltern stolz zu machen. Sie war abhängig von deren Liebe und Fürsorge. Ihre Mutter durfte nicht enttäuscht werden und traurig sein, ihr Vater sollte sich nicht wegen ihr schämen müssen.

Wie oft hatte auch Pauls Mutter ihrem Frust freien Lauf gelassen, in Anwesenheit ihres kleinen Sohnes. Paul konnte sie am besten verstehen, meinte sie. Der Ehrgeiz seiner Eltern ließ ihm nur wenig Platz, sich selbst zu finden. Dazu kam die Bedürftigkeit, die seine Mama an den Tag lag. Es verging selten einen Tag, ohne dass Paul nicht das Ehedrama seiner Eltern mitbekommen hätte. Paul wurde, ob er es wollte oder nicht, zum Verbündeten und Vertrauten seiner Mutter.

Immer wenn Lia und Paul am schönsten miteinander spielten, oder, in späteren Jahren, in Gespräche vertieft waren, kam von seiner Mutter, mal flehend, mal fordernd: „Paul, kommst du?", ..., „Paul, willst du, dass Mama traurig wird?"

Die beiden Kinder hassten diese Momente. Später konnten sie sich darüber lustig machen, denn irgendwie hatten sie das Gefühl, dass ihre beiden Familien sogar darin in Konkurrenz miteinander standen, ihre Kinder perfektionieren zu wollen.

„Was sollen die Nachbarn über uns denken?", war oft die größte Sorge, die in Lias Elternhaus ständig geäußert wurde. Warum sie ausgerechnet ihren Nachbarn gerecht werden sollte, konnte die kleine Lia nicht verstehen.

Sie wollte doch auch nicht wissen, was Frau Schneider sonntags machte. Sie wusste auch nicht, was Frau und Herr Hofmann den ganzen Tag taten. Ob die Frau Klein von gegenüber schon wieder spät in der Nacht nach Hause kam, war ihr auch egal.

„Das muss irgendwas Komisches der Erwachsenen sein", dachte Lia.

Ihre Eltern unterhielten sich oft über das neue Auto der Hofmanns und wie sie sich das wohl leisten konnten. Oder über den neuen Freund von Frau Schneider.

„Ob die Nachbarn wissen wollten, wie gut ich in der Schule war? War das vielleicht der Grund dafür, warum Mama und Papa stets als Erstes wissen wollten: ‚Welche Note hast du heute bekommen?'" – all das fragte sich die kleine Lia.

So fing Lia an, ihre Noten in der Schule als Maßstab für ihren Wert zu sehen. Bestnoten bedeuteten: Sie war liebenswürdig, gut genug, sie machte ihre Eltern und wahrscheinlich auch die Nachbarn stolz.

Aber auch das war kein Grund, sich lange darauf auszuruhen. Sie erinnerte sich, wie sie eines Tages ganz stolz ihrem Onkel das Jahreszeugnis zeigte und sich auf sein Lob freute. Er schaute sich aber flüchtig die Noten an und warf das Zeugnis verächtlich auf den Boden: „Warum nicht lauter Einser?"

Lias Stolz und Selbstvertrauen waren wie weggefegt. Sie war verletzt, beschämt, klein, ungenügend … Plötzlich entstand eine Abneigung gegenüber dem Onkel und die saß tief.

Lia musste das werden, was ihre Eltern für sie vorgesehen hatten.

Disziplin, Ordnung und das Bild, das die Familie nach außen repräsentierte, waren Lias Eltern sehr wichtig. Die Bestätigung, die sie bekamen, war Beweis genug für ihren Erziehungserfolg.

Sie hatte früh gelernt, ihre Gefühle und Bedürfnisse angenehm dosiert zu zeigen. Und sie lernte früh, keine Probleme zu machen und „gerne" zu tun, was man von ihr verlangte.

So übernahm sie auch von den Eltern bestimmte Werte. Die meisten davon waren ihr auch heute noch heilig. Manche standen ihr aber immer wieder im Weg.

Lia erlebt sich als Erwachsene oft sehr widersprüchlich. Mal trat sie sehr schüchtern auf und erfüllte die in sie gestellten Erwartungen, auch wenn das manchmal von einem bitteren Beigeschmack begleitet war. Ihre Schüchternheit wurde oft als Unwissenheit und Inkompetenz ausgelegt. Es kam und kommt durchaus auch heute noch vor, dass sie mit Anweisungen und Vorschriften nicht gelassen umgehen konnte. Dann bringt sie energisch Gegenargumente und will um jeden Preis das Gefühl der Bevormundung ersticken. Sie will Anerkennung und Zustimmung durch die Perfektionierung ihrer selbst erreichen. Das kostet sie viel Kraft, weil sie ihr Verhalten stets zu kontrollieren versucht. Das brachte ihr gelegentlich den Ruf einer arroganten, verbissenen Karrierefrau ein.

Sie kann nicht glauben, dass sie akzeptiert und geliebt werden kann – einfach um ihrer selbst willen. Lia ist davon überzeugt, dass Zuneigung und Liebe verdient werden müssen.

Es ist seltsam, aber es scheint so, als ob unsere Überzeugungen früher oder später tatsächlich Gestalt annehmen würden. Es ist fast so, als ob unsere Gedanken, unsere tiefsten Ängste, aber auch unsere mutigsten Träume und sehnlichsten Wünsche unbeirrt den Weg in unsere Realität finden würden.

Möglicherweise war Lias und Max' Begegnung die Antwort auf Lias Herzenswunsch. Max war all das, was ihr als Mädchen nicht erlaubt wurde zu sein und was sie sich später oft nicht mehr zugetraut hatte. Er war frei, selbstsicher, er trug sein Herz auf der Zunge, war spontan und unangepasst.

Kennengelernt haben sie sich in einer Nacht, die Emma später, als „schicksalhaft" bezeichnen sollte.

Es war ein Samstagabend, Ende Oktober. Schon Wochen davor hatte sich Emma alle Mühe gegeben, die Mädels für die Show eines Stand-up Comedian zu begeistern. „Ihr müsst mitkommen! Er ist noch unbekannt, aber er kommt bestimmt bald ganz groß raus."

Da das Interesse der Freundinnen sich in Grenzen hielt, spielte Emma ihren Trumpf aus: „Außerdem schlafe ich mit ihm."

Na, wenn das so war! Das war für Lia und Marie natürlich Grund genug, sich den Newcomer genauer anzusehen.

Die Show fand in Emmas Lieblingsbar statt, wo sie seit einiger Zeit Stammgast war. Die Nacht wurde lang, die Stimmung wurde immer heißer und allmählich verwandelte sich die Bar in einen Club.

Ausgelassen und wild tanzend nahm Lia die Hand auf ihrer Schulter erstmals kaum wahr. Es war aber keine flüchtige, zufällige Berührung. Der leichte Druck veranlasst sie, sich doch umzudrehen.

Max strahlte sie an, streckte ihr seine Hand entgegen und sie meinte, ihn sagen zu hören: „Tanz mit mir." Es knisterte. Ihre Gesichter kamen sich viel zu nah, als dass sich irgendwelche Absichten verleugnen ließen.

„Du willst es wissen …", sagte Lia provokant und mutig. Er lächelte.

Ihre Küsse waren anfangs sanft und schüchtern. Genau wie ihre Tanzbewegungen. Sie schauten sich immer wieder tief in den Augen. Lia ging, nach einer Weile, auf die Zehenspitzen und näherte sich seinem Ohr.

„Ich gehe jetzt nach Hause. Kommst du mit?", fragte sie einfach.

Alle Prinzipien, was sich für ein Mädchen gehörte, alle „Alarmglocken" waren verstummt.

Sie gingen zu ihr.

Am nächsten Morgen schlich sie sich aus dem Bett und ignorierte den ersten Impuls, sich zurechtzumachen. Stattdessen holte sie frische Croissants und versuchte auf der Couch ihre Sonntagszeitung zu lesen. Immer wieder lächelte sie und spürte ein angenehmes Glücksgefühl, während sie ihm, mit einem verstohlenen Blick ins Schlafzimmer, beim Schlafen zusah.

Max wachte deutlich später auf. Dieselbe Leichtigkeit, dasselbe Lächeln, wie in der Nacht davor … Es fühlte sich richtig an, zusammen zu frühstücken und sich besser kennenzulernen.

Lia hatte das Gefühl, dass Max gar nicht mehr gehen wollte. Zusammen zu sein kam ihr auf unerklärlicher Weise vertraut vor, es war ehrlich und es machte Spaß. Es begann eine aufregende Affäre. Als Max einmal unerwartet ihre Hand halten wollte, während sie spazieren gingen, wusste Lia, dass es mehr war als eine Affäre. Sie begegneten einander von Anfang an offen, ehrlich, auf Augenhöhe, ohne Anforderungen. Erst Monate später erkannten sie, dass sie sich wirklich ineinander verliebt hatten.

Sie ergänzten einander, ohne sich gegenseitig verändern zu wollen. Die Harmonie ihrer Beziehung ermöglichte Lia, immer mehr Vertrauen und Leichtigkeit zuzulassen. So konnte sie alles sein: fleißig, kämpferisch, zielstrebig und ehrgeizig als Anwältin. Und gleichzeitig genoss sie die Beziehung mit Max, ohne etwas beweisen oder sich verbiegen zu müssen.

Wie kam es, dass sich dann doch im Lauf der Zeit die Routine reinschleichen konnte? Warum hatte es irgendwann gereicht, sich im Vorbeigehen einen schnellen Begrüßungskuss auf die Wange zu hauchen? Wo waren die liebevollen Umarmungen, die langen Gesprächen? Wann hatte sie angefangen, immer Recht haben zu wollen, statt gelassen und glücklich zu sein?

„Sie haben Ihr Ziel erreicht." Die Stimme des Navigationssystems riss Lia aus ihrer Gedankenwelt.

„Was, wir sind schon zu Hause?", stellte sie überrascht fest. „Paul, es tut mir leid, dass ich die ganze Zeit nichts mehr geredet habe. Diese Sache wirft mich schon seit Wochen total aus der Bahn. Ich bin Max gegenüber sehr unfair, dir gegenüber ganz und gar unhöflich. So kann es nicht weitergehen!"

„Lia, warum macht dir dieser Flirt so zu schaffen?", fragt Paul besorgt.

„Ich befürchte, dieser Flirt ist nur ein Ventil für etwas Größeres, das ich unbedingt für mich klären muss", antwortet Lia und blickt dabei zur Seite, um ihre glänzenden Augen zu verstecken.

„Sollen wir noch eine Runde drehen? Magst du darüber reden?", fragt Paul.

„Du bist ein Schatz! Aber ich glaube, darüber werde ich ganz bald mit Max reden müssen. Er gibt sich zurzeit unglaublich viel Mühe, mir alles recht zu machen und dabei reagiere ich immer unausstehlicher. Er merkt, dass etwas nicht passt … Ich darf ihn nicht länger mit dieser quälenden Ungewissheit alleine lassen. Das verdient er nicht."

„Ich weiß nicht, was ich sagen soll oder was ich machen kann. Gibt's da was, das dir gut tun könnte?", fragt Paul unbeholfen.

„Es hilft mir sehr, dich als meinen Freund zu wissen", antwortet Lia und verabschiedet sich mit einer langen Umarmung.

Die kühle Luft im Treppenhaus und das vertraute Quietschen der alten Holztreppe steigern ihre Vorfreude auf einen entspannten Abend zu Hause. Fröhliche Reggae-Rhythmen dringen durch die noch geschlossene Wohnungstür nach außen. Lia muss schmunzeln. Genauso hat sie sich den Abend vorgestellt.

Zum Glück hatte Max die Vorhänge zugezogen und so die Überhitzung der Wohnung etwas abgemildert. Die Gestaltung ihres Zuhauses spiegelt ihre absolute Klarheit und Vielfältigkeit wieder. Hier könnte jederzeit ein Fotoshooting für ein Wohndesign-Magazin stattfinden. Die Einrichtung, die Gegenstände – ein Potpourri aus Antiquitäten, Designer-Einzelstücken und Maßanfertigungen.

Max ist draußen auf der Terrasse und genießt die Abendsonne in der Hängematte. Große Bambuspflanzen bieten das Gefühl, von der Welt abgeschirmt zu sein, während bunte Sommerblumen ein mediterranes Flair verbreiten. Das ist der einzige Ort, wo Lia gerne die Kontrolle abgibt. Keine Symmetrie, keine abgestimmte Farben, keine sinnvolle Ordnung.

„Hey, Sonnenschein! Schön, dass du wieder da bist", empfängt sie Max liebevoll.

Auf dem kleinen Mosaiktisch neben ihm befindet sich alles, was es für einen entspannten Sommerabend braucht. Ein Glas Wein, ein Buch und reichlich Zitronenwasser.

„Es sieht gut aus, was du da machst", sagt Lia während sie sich in die Hängematte dazu setzt. Mit einem Fuß am Boden schaukelt sie leicht und schaut Max lächelnd an. Er ist ihr Ruhepol, Max ist die Gelassenheit in Person. Lia hält seine Hand und hofft, dass ihr innerer Tumult so zur Ruhe kommt.

Doch ihre Gedanken stören diese Idylle: ‚Was willst du eigentlich? Was fehlt dir wirklich? Ist es wahr, oder nur eingebildet?', hämmert es in ihrem Kopf.

„Beschäftigt dich irgendwas?", fragt Max. Die Frage überrascht sie.

Lias Herz fängt an zu rasen. Sie lässt Max' Hand los, um sich eine eingebildete Haarsträhne aus dem Gesicht zu streichen.

„Was meinst du?", antwortet sie und merkt, wie ihre Stimme ein wenig zittert. ‚Ein schwacher Versuch, Zeit zu gewinnen', denkt sie und dabei weiß sie genau, dass ihre Unausgeglichenheit in den letzten Monaten bei Max sicherlich Fragen aufgeworfen hat.

„Lia, wir haben in den letzten Monaten mehr gestritten als in den ganzen letzten Jahren zusammen. Und egal, wie lange ich darüber nachdenke, ich kann keinen echten Grund dafür finden. Es erwischt mich irgendwie immer kalt."

Lia schweigt und lächelt. Ihre Schläfen pochen, ihr Mund wird trocken.

„Ich liebe dich, Sonnenschein", sagt Max weiter und streicht ihr liebevoll durchs Haar. „Und ich will nicht mit dir streiten. Schon gar nicht wegen ein bisschen Unordnung in der Wohnung oder wegen anderer Kleinigkeiten, worüber wir uns vielleicht gerade uneinig sind."

Max schaut Lia fragend an. Sie schaut zurück, aber irgendwie fällt es ihr schwer, ihm in die Augen zu blicken. Sie schweigt und lächelt verlegen. Mehr schafft sie nicht.

Max merkt, wie sich auch in ihm Verunsicherung breit macht.

Diese Art von Gesprächen bedeuten nichts Gutes. Solchen Fragen folgen oft Antworten wie: „Ich habe einen Riesenfehler gemacht", oder ganz schlicht: „Ich liebe dich nicht mehr."

Max weiß ganz genau, dass ein Satz wie „Schatz, wir müssen reden" oder eine schmollende Antwort von der Art: „Es ist nichts. Es ist alles ok", das todsichere Zeichen dafür sind, dass ganz sicher nicht alles ok ist.

Es sieht mal wieder so aus, als würde Marie den Abend allein verbringen. Die letzte Nachricht von Tom, am späten Nachmittag, lautete: „Mein Engel, wir müssen heute unbedingt was fertigstellen. Wird länger dauern. Liebe euch!"

Solche Nachrichten bekommt Marie in letzter Zeit sehr häufig. Sie sind liebevoll verfasst, doch sie lassen keinen Platz für Verhandlungen. Toms aktuelle Prioritäten sind: an erste Stelle steht die Agentur und der Erfolg, die wenige Freizeit, die er sich erlaubt, verbringt er zum großen Teil auch mit den Jungs aus der Agentur, „um den Team-Spirit zu stärken", wie er so schön sagt. Neue Energie tankt er zu Hause bei seinen Liebsten, bei Marie und Jakob. Er liebt Maries Ruhe, ihre Leichtigkeit und das Verständnis für seine angespannte Lage, das sie ihm im Alltag entgegenbringt. Tom weiß, er kann sich glücklich schätzen, dass er mit Marie eine starke Partnerin hat, die ihm den Rücken freihält.

Marie hat sich vor ein paar Jahren genau dafür entschieden: Sie wollte einfach nur eine liebevolle Mutter und Partnerin sein. Ihre Vorstellungen darüber waren allerdings etwas anderer Art ….

Sie hatte nicht gedacht, dass sie die meiste Zeit alleine mit Jakob verbringen würde. Ihr Traumhaus war zu einem goldenen Käfig geworden.

Sie liebte es, mit Emma und Lia im Garten zu frühstücken, oder abends bei Wein und Pizza mit den beiden die ewigen Frauenthemen durchzukauen.

Sie wusste auch, dass ihre Eltern immer glücklich waren, wenn sie Jakob für ein paar Stunden oder sogar mal über Nacht bei sich haben konnten.

Und natürlich wusste sie es sehr zu schätzen, dass Tom für die Familie sorgte.

Also alles in bester Harmonie. Alles, außer die Beziehung zu Tom.

Der kleine Jakob schlief bereits ein, während er die ersten Sätze aus seinem Lieblingsbuch hörte. Er konnte einfach nicht genug bekommen von der Geschichte einer Maus, die sich auf eine abenteuerliche Reise begab, um zu lernen, wie ein Löwe zu brüllen. Jakob liebte die Vorstellung, dass die kleine Maus dann so nicht mehr übersehen werden konnte.

Vielleicht war er einfach erschöpft vom aufregenden Spielnachmittag mit seinem besten Kumpel in der Nachbarschaft. Das neue Trampolin im Garten hatte den beiden Bengeln ihre ganze Energie abverlangt. Vielleicht fühlte er sich besonders beschützt und entspannt, wenn er Maries liebevolle Stimme hörte. Maries Herz ging jedes Mal über vor Glück, wenn sie Jakob nur ansah. Doch gleichzeitig versetzte ihr Herz ihr einen Stich, wenn sie wieder einmal nur zu zweit den Abend zu Hause verbrachten. Es kostet sie viel Überwindung, für sich selbst immer wieder eine Erklärung für Toms Abwesenheit zu finden.

Marie setzte sich in den Garten, wie an vielen Abenden in den letzten Monaten und versuchte, die Schönheit und die Ruhe, die sie umgaben, zu genießen. Es war alles so geworden, wie sie es sich erträumt hatte. Sie hatte Tom, ihre große Liebe gefunden, der kleine Jakob erfüllte sie jeden Tag mit noch mehr Liebe, das perfekte Haus mit Garten – all dies entsprach genau ihren Wünschen.

Und doch hatte ihr Glück in letzter Zeit unschöne Risse abbekommen. Sie spürt immer deutlicher eine gewisse Sehnsucht. Sie vermisste die Zweisamkeit mit Tom. Und damit meinte sie nicht die Abende, an denen sie auf dem Sofa saß, während Tom noch ein paar Akten durchwälzte. Es macht sie auch nicht glücklich, dass sie manchmal zwar zusammen frühstückten, sich Tom aber bereits mit seinem Terminkalender beschäftigte und die erste Aufgaben an seine Mitarbeiter per SMS verteilte.

Nein, so hatte sie sich ihre Idylle nicht vorgestellt. Sie brauchte Toms persönliche Energie, seine Präsenz und seine Aufmerksamkeit viel mehr als einen bequemen Lebensstil.

In der Abenddämmerung und in der friedlichen Stille ihres Gartens beschloss sie, sich das Neueste von Dr. Sommer anzuhören. Dieser Podcast schien einen bestimmten wunden Punkt in ihr zu treffen. Da gab es irgendwas, das in ihr Unruhe auslöste, gleichzeitig war sie sich aber zu keiner Zeit bewusst, Fehler gemacht zu haben.

***

Podcast Dr. Sommer
Der perfekte Partner

Hallo Ihr Lieben, hattet Ihr je den Gedanken, dass Eure Beziehung doch so schön sein könnte, dass ER der perfekte Partner für Euch wäre, wenn ER sich nur in diesem einen Punkt ändern würde?

Ich habe unzählige Frauen kennengelernt – meistens sind es zuerst die Frauen, die den Weg zu mir finden und die mich in regelmäßigen Sitzungen um Rat und Hilfe bieten. Sie leben ihren Alltag weiterhin nach erlernten Mustern, in der Hoffnung, ich würde Wunder vollbringen und ihren Partner endlich „zurechtbiegen".

Sie versuchen, aus dem Chaos ihrer Empfindungen endlich schlau zu werden: Wut, Enttäuschung, Traurigkeit, Unverständnis – das ganze Spektrum. Doch immer haben diese

Frauen etwas gemeinsam. Eine Spur Hoffnung auf so etwas wie einen Neuanfang, den Wunsch zu verstehen, die Sehnsucht, den verschollenen Idealzustand wiederzufinden.

Es sind tolle Frauen, die zu mir kommen! Selbstbewusst, erfolgreich, liebevolle Partnerinnen, fürsorgliche Mütter – doch sie fühlen sich alleine oder verraten oder nicht gesehen und nicht geschätzt.

Und wie ist es mit Euch, meine Lieben, wie mit Dir? Was hältst Du eigentlich zurück? Enttäuschung, Angst, Lust auf eigene Erfüllung?

Hast Du Dir schon eine weinerliche Stimme zugelegt, bist Du dabei, ständig Deinem Partner vorzuwerfen, dass er Dich nicht versteht?

Oder nimmst Du endlich Dein Leben selbst in die Hand und machst Dir bewusst, woran es Dir eigentlich fehlt?" – so viel für heute, meine Lieben.

***

‚Autsch', dachte Marie. Es gab Momente, wo sie Dr. Sommer nicht besonders mochte.

Mädelsabend

Nichts belebt einen Mädelsabend so sehr wie das Thema „Männer". Drei Frauen und die Frage: Wie viel „Mann" verträgt ein erfülltes, unabhängiges, glückliches Frauenleben?

Es war ja außerdem nicht so leicht, eine Mogelpackung von einem echten Diamanten zu unterscheiden. Wie gut, dass hier auf Freundinnen Verlass war und sie dabei halfen, in puncto Mann Klartext zu reden.

Der Anlass für ihr Treffen war Emmas neue Wohnung. Emma dachte, es wäre an der Zeit, sich selbst zu belohnen und die Früchte ihres Erfolges zu genießen. Emma hatte sich eine schnuckelige Wohnung im angesagten Glockenbachviertel gekauft. Die Szenebars und Restaurants, die ruhigen Hinterhöfe und kultige Läden rund um ihr neues Heim versetzten sie in Begeisterung. Sie liebte es, in ihrer kleinen Straße die Ladenbesitzer beim Namen zu kennen und gleichzeitig die ganzen Vorteile der Großstadt zu genießen. Es machte sie glücklich, so viel Leben um sich herum zu wissen und sich jederzeit in die Ruhe und Privatsphäre ihrer Wohnung zurückziehen zu können.

„Ganz ehrlich, ernsthaft einen Mann zu daten macht mir Angst. Ich bewerte ihn und er tut dasselbe mit mir", sagt Emma, während sie die Gläser mit Champagner füllt.

Lia nickt zustimmend: „Quasi einen Austausch von optimierten Selbstportraits!"

„Eben. Und wenn man zurückgewiesen wird, tut es einfach weh. Ich entscheide mich lieber, schnell weiter zum nächsten Date zu wechseln."

„Nun hör aber auf! Als hättest du was zu befürchten ...", protestiert Marie.

„Ich habe das Gefühl, die Männer können mich oft nicht einordnen. Die sind der Meinung, dass eine Frau entweder attraktiv oder intelligent ist."

Lia blättert in einem Hochglanzmagazin und denkt dabei laut nach: „Wann haben die Männer eigentlich entschieden, dass alle Frauen wie Models auszusehen haben? Sie erwarten von einer Frau, dass sie perfekt ist. Und dass sie auch noch Madonna und Hure in einer Person ist."

„… und gleichzeitig sollen wir ihre Ecken, Kanten und Schrulligkeiten einfach nur als liebenswert annehmen", sagt Emma lächelnd und rollt dabei mit den Augen.

„Ich brauche jedenfalls nur eine Zeitschrift aufzuschlagen und mein nächster Gedanke ist: ‚keine Chance, da mitzuhalten'", entgegnet Marie und zieht sich ihren Kashmirpulli über die Hüften. „Die Schwangerschaft hat alles verändert. Meine Figur, meine Beziehung, mein Leben."

Emmas fragender Blick ahnt, dass Marie immer noch nicht bereit ist, offen über ihren Kummer zu reden. Aber ihre Augen und die immer wiederkehrende Andeutungen verraten, dass es Ärger in ihrem Paradies gibt.

Emma weiß schon lange, dass Maries aktuelles Leben nur zum Teil ihrem Mädchentraum entspricht. Marie wünscht sich von ganzem Herzen zu heiraten und jede freie Minute mit Jakob und Tom als Familie verbringen.

Außerdem hatte Emma schon immer gefunden, dass Marie einen Fehler machen würde, auf ihren Traum, als Galeristin zu arbeiten, dauerhaft zu verzichten.

Viele Male hat sie versucht, ihre beste Freundin davon zu überzeugen, ihre persönliche Verwirklichung nicht komplett aufzugeben.

„Du liebst die Kunst und den Austausch mit kreativen Köpfen! Das ist ein Teil von dir …, gib den nicht auf!", versuchte sie immer wieder Marie wachzurütteln.

„Ich bin aber glücklich in meinem kleinen geschützten Universum", bekam sie jedes Mal als Antwort.

„Ich frage mich manchmal, wenn ich die Welt anschaue, wo die Romantik bleibt, die Verführung, die Blumen, der Handkuss? Gibt es noch echte Gespräche und Gefühle? Oder nur noch WhatsApp Nachrichten und Emoticons?", fährt Marie fort mit ihrem Glas in der Hand.

„Da ist was dran! Ich persönlich bin hin und wieder sehr glücklich darüber, den leichten Weg zu wählen und mit einer höflichen WhatsApp Verbindungen zu kappen. Verstehe aber total, was du meinst", nickte Emma.

„Bin absolut euerer Meinung. Smileys und Herzchen fliegen hin und her für jede belanglose Nachricht, spielenden Katzen oder für überoptimierte Bilder. Auf Instagram sehe ich perfekte Menschen und ihr angeblich perfektes Leben. Ich selbst fühle mich dabei wie eine übergewichtige Katze mit einem eintönigen Leben", bekräftigt Lia.

„Und alle diese Selbstdarsteller sind nur an Essen, Shoppen, Party und Urlaub interessiert. Sie genießen das Leben in Luxushotels, an Traumstränden. Der Alltag einer Hausfrau und Mutter sieht im Vergleich ganz schön blass aus", fügt Marie hinzu.

„Wie schön, dass wir zur Abwechslung einen glamourösen Abend zusammen feiern", sagt Emma und erhebt ihr Glas.

„Wobei ..., es findet ja viel mehr statt in dieser vermeintlich luxuriösen, sorgenfreien Online-Welt. Es wird geflirtet und manchmal werden Grenzen überschritten .... Es kommt dadurch schon mal zu echten Beziehungskrisen oder sogar zu Scheidungen", meint Lia.

Emma fühlt die Gläser mit prickelndem Champagner nach und freut sich sichtlich auf Lias Geschichte.

„Bin gespannt! Lass keine Details aus!", sagt sie und macht es sich gemütlich auf die Couch.

„Ach, Emma … *du* könntest uns bestimmt die ganze Nacht mit deinem Repertoire an Geschichten unterhalten", entgegnet ihr Lia.

„Ich habe nur eine aktuelle Story. Ich bin ruhiger geworden", zwinkerte Emma lächelnd. „Aber, zuerst du."

„Eine Arbeitskollegin", fängt Lia an zu erzählen, „fragte mich neulich, ob ich nicht bald einen Scheidungsfall, übernehmen könnte … In ihrem Haus war plötzlich, ein paar Abende zuvor Chaos ausgebrochen. Hysterische Frauenstimmen und ab und zu ein kleinlauter Mann, der zu schlichten versuchte. Es war so laut, dass Nicole, meine Kollegin, schmunzeln musste bei dem Gedanken, dass hinter jeder Tür die Nachbarn erschrocken oder amüsiert teilnahmen. Es war unmöglich, deutlich etwas zu verstehen, aber man hörte einzelnen Wortfetzen oder Sätze wie: ‚Geh mir aus dem Weg …!' ‚diese scheinheilige Hure!' ‚Schatz, bitte … nicht so laut!' ‚Ahhh … jetzt schämst du dich?' ‚Du willst ihn eh nicht mehr!' – und das sprach Bände. Irgendwann war nur noch das Knallen der Türen zu hören.

Nicole hat anschließend, als gute Bekannte und Nachbarin, versucht, die aufgebrachte Frau zu trösten und dabei einen Teil der Geschichte erfahren. Der Casanova hatte anscheinend über Monate, fast jeden Abend seine neue Begeisterung fürs Joggen ausgelebt. Er kam anschließend verschwitzt und total ausgepowert nach Hause. Seine Frau hatte Verständnis dafür, dass er einen Ausgleich zum anstrengenden Büroalltag brauchte. An dem Chaos-Abend ploppte eine Nachricht auf seinem Handy auf, als der Casanova unter der Dusche stand. ‚Klug ist es mit uns nicht, aber geil', stand in der Nachricht. Und dann … Herzchen. Herzchen. Kusssmiley … Seine Affaire mit der Nachbarin hatte unauffällig begonnen, mit gegenseitigen Kommentaren und Herzchen für die jeweiligen Instagram-Posts."

Lia beendet ihre Erzählung, indem sie mit dem Champagner-Glas den Mädels zuprostet.

„Hmmm, und so gibt es nun zwei Single-Haushalte mehr in München", sagt Emma pragmatisch und nippt an ihr Drink.

„Sind inzwischen alle nur noch promiskuitiv und emotional unbeteiligt unterwegs? Ich glaube daran, dass Sex etwas Besonderes ist und nicht als Fast Food mit beliebigen Partnern konsumiert werden sollte. Ich lege Wert auf Romantik", sagt Marie und führt gleich ihren Gedanken weiter: „Vielleicht wollte die andere Frau, dass sie irgendwann erwischt werden ... Aus welchem Grund sonst sollte sie ihm dermaßen deutliche Nachrichten schreiben?"

„Da magst du recht haben, liebe Marie. Die Rolle der Geliebten ist ihr mit der Zeit wahrscheinlich zu unbedeutend geworden", entgegnete Lia nachdenklich.

„Oder, sie hat sich ganz schlicht verliebt ...", sagt Marie mit leiser Stimme.

„Du bist eine hoffnungslose Romantikerin", antwortet Emma und schmiegt sich an Maries weichen Kaschmirpulli.

„Glaubt ihr", fragt Marie nachdenklich, „dass es wirklich stimmt, dass Frauen fast genauso oft betrügen wie Männer?"

„Definitiv", antwortet Lia mit der Selbstsicherheit einer Anwältin. „Die Frauen sind allerdings oft subtiler und vorsichtiger als die Männer. Die Gründe fürs Fremdgehen sind letztendlich fast identisch und an einer Hand abzuzählen."

„Das überrascht mich jetzt", sagt Marie irgendwie enttäuscht.

„Meine Liebe, nicht alle Frauen sind solche Engel wie du", antwortet Lia.

„Ich werde bei meinem nächsten Termin Frau Dr. Sommer vorschlagen, einen Podcast über das Thema zu machen. Könnte sehr aufschlussreich sein."

Emma macht sich dazu eine Notiz in ihren Onlinekalender.

„Deine Dr. Sommer lässt nach und nach alle meine Annahmen darüber, wie glückliche Beziehungen funktionieren, zerplatzen", protestiert Marie lächelnd.

„Trotz alledem, wir würden etwas vermissen ohne das Verliebtsein, die Liebe, das Flirten. Ich glaube, auch unsere Fehlentscheidungen und Verletzungen haben ihre Berechtigung. Sie formen uns, sie zeigen uns alle unsere Facetten, sie bringen Würze und Aufregung in unser Leben", sagt Lia leidenschaftlich. „Wie siehst du das, Emma?", fragt sie anschließend. „Wie oft verknallst du dich in Männer?"

„Ständig! Ich bin so gerne verknallt, aber sobald es schwierig wird ... ahh, ich bin viel zu beschäftigt, um damit Zeit zu verlieren. Was soll ich sagen ..., manche Begegnung wird kein epischer Roman. Manchmal reicht es nur für eine Kurzgeschichte", erwidert Emma.

Marie rutscht nervös auf ihrem Stuhl hin und her und kann sich die Bemerkung nicht verkneifen: „Zu beschäftigt – oder immer noch zu verletzt?"

„Touché! Ich fühlte mich damals, wie angeschossen mitten ins Herz , aber es gibt keinen inneren Schmerz, den ein Glas Champagner nicht betäuben kann", sagt sie tapfer lächelnd. „Ein Heilmittel, das mir mein Vertrauen zurückgibt, habe ich allerdings noch nicht gefunden. Ich habe mich jedenfalls dafür entschieden, die Männer als die netten Kerle anzusehen, mit denen ich Spaß haben kann."

„Was hat dir dieser Kerl damals bloß angetan ...?", sinniert Lia.

„Es ist heute ein zu schöner Abend für solche alten, schäbigen Erinnerungen. Ein andermal wirst du aber staunen dürfen", sagt Emma und zwinkert Lia zu. „Aber, Lia ... dich über Fehlentscheidungen als etwas möglicherweise Gutes reden zu hören, ist etwas ganz Neues ..., Miss Perfekt."

Lia lächelt entspannt, denn sie weiß ganz genau, worauf Emma anspielt. Ihr anfängliches Kennenlernen vor ein paar Jahren war geprägt von kühler, wertschätzender Professionalität.

„Der Drang nach Perfektion", gibt Lia schließlich zu, „ist manchmal wirklich schmerzhaft. Vor allem, wenn das Privatleben davon betroffen ist. Ich verbringe Stunden, Tage und manchmal Wochen damit, etwas perfekt vorzubereiten. Dabei kann es sich nur um einen Wochenendausflug mit Max handeln oder eine Geburtstagsfeier. Meine ganze Energie wird dafür aufgebraucht, kein Detail zu übersehen, so dass ich am Ende gar nicht mehr mitfeiern und etwas genießen kann."

„Wer erwartet denn diese Perfektion von dir?", fragt Emma sichtlich überrascht.

„Ich. Ich ganz alleine … Ich glaube, ich rede mit mir selbst mehr als ich es mit jedem anderen Menschen tue. Leider sind die Worte, die ich benutze und meine Gedanken, oft nicht besonders wohlwollend und ermutigend. Oft sind sie nicht mal freundlich. Ich bin zu mir selber viel strenger und kritischer, als zu allen anderen. Dazu kommt noch meine aktuelle Verwirrung über das, was ich will. Das alles macht Max und mir gerade wirklich zu schaffen", sagt Lia und schafft nicht, das Zittern ihres Kinns und die Tränen in ihrer Stimme zu unterdrücken.

„Hey, hey … worüber redest du?", fragt Emma und ist ernsthaft besorgt. Die Mädels stellen instinktiv ihre Gläser auf den Tisch und wenden sich Lia zu.

Lia versucht, mit ihren vom kalten Glas gekühlten Händen ihre glühenden Wangen abzukühlen.

„Was ist los, Liebes? Du jagst uns einen richtigen Schreck ein", sagt Emma und streichelt Lias Haarsträhnen aus dem Gesicht.

Es macht keinen Sinn mehr, ihren Freundinnen was vorzuspielen. Sie darf sich endlich vom ihrem großen Geheimnis befreien. Die Nacht in Berlin, die unzähligen zweideutigen Nachrichten und Telefongespräche zwischen ihr und Philipp, die vielen Dates getarnt als Business-Essen. Das schlechte Gewissen, die Aufregung, die Angst, die Überzeugung, dass sie Max liebt und die Frage: Warum ist sie von Philipp so fasziniert?

All das darf endlich ausgesprochen werden. Lia fühlt sich danach erschöpft und erleichtert zugleich.

Es herrscht erst einmal Schweigen.

Schließlich ist Emma diejenige, die die Stille bricht: „Bist du in Philipp verliebt?"

Lia lächelt traurig: „Ich liebe Max. Und ich weiß, dass die Liebe Verbundenheit, Vertrauen und gemütliche Abende auf der Couch bedeutet. Philipp steht für das Neue, für Abenteuer und Schmetterlinge im Bauch. Ich glaube, ich habe mich tatsächlich in ihn verknallt."

„Aber, wie konnte das passieren?", flüstert Marie. „Ich war immer überzeugt, dass die Liebe alles kann: jedes Hindernis überstehen und vor jeder Ablenkung schützen … Können der Alltagstrott und die Unverbindlichkeit eines Flirts wirklich alles erschüttern?"

Maries emotionale Worte lassen erahnen, wie tief sie berührt ist.

„Ganz richtig, Marie. Wie konnte das passieren? Ich erkenne mich selbst nicht wieder. Ich war immer diejenige, die einer ganz klaren Linie gefolgt ist. Diesmal habe ich mich auf ein verbotenes Spiel eingelassen und ich kann nicht mehr erkennen, wo ich hinwill", gesteht Lia mit einer gewissen Verzweiflung in der Stimme.

Emma schaut Lia nachdenklich an und glaubt zu verstehen, was in ihr vorgeht: „Wir hören so oft, dass Freiheit,

Selbstverwirklichung, Abenteuer Erfüllung bringen. Und es wird so oft behauptet, dass Stillstand langweilig und spießig ist. Ich glaube, wir alle haben das inzwischen fest in uns abgespeichert. Und sobald es in unseren Beziehungen einmal stressig wird oder etwas eintönig, fällt uns das wieder ein. Wir vergessen schnell, wie unser Leben durch eine vertraute Beziehung bereichert wird und erinnern uns nur daran, was uns dadurch entgeht: das Flirten, das Kribbeln im Bauch, der unverbindliche Sex."

„Ständig wird uns angedeutet, dass unser Leben einen andauerndes Feuerwerk sein soll", fügt Marie hinzu.

„Ich frage mich", sagt Lia mit erschöpfter Stimme, „ob es so was wie ein Schicksal gibt, einen vorbestimmten Weg. Und ob es möglich ist, dass eine einzige Fehlentscheidung dazu führen kann, dieses eigene Schicksal zu lenken und das eigene Glück zu zerstören."

Lia bemüht sich sichtlich, ihre Tränen zurückzuhalten. Was war ihr Weg? Die bewährte Liebe mit Max schützen oder sich ins Abenteuer stürzen?

Die Gespräche mit Dr. Sommer fühlen sich für Emma so an, als würde sie endlich ihren Keller aufräumen, wo jahrelang ungeliebtes, unbequemes Zeug eingesperrt herum lag mit dem Aufkleber „wird später entschieden, was damit zu tun ist."

Anfangs hätte sie bei jedem Termin am liebsten gleich wieder die schicken Räume verlassen. Aber etwas in ihr sagte deutlich, dass es an der Zeit war, ihren Keller zu entrümpeln.

Der Praxis-Raum hatte sie positiv überrascht, mehrere Sessel und eine Couch bildeten einen Kreis. Emma fand es angenehm, selbst ihren Sitzplatz aussuchen zu dürfen und der Therapeutin nicht gegenüber sitzen zu müssen und sich dabei wie in einem Kreuzverhör zu fühlen. Es sah vielmehr so aus, als würden sie und Dr. Sommer sich in einer schicken Hotel Lobby entspannt unterhalten. Das half ihr ungemein, das Gefühl loszuwerden, dass mit ihr irgendwas nicht stimmte und sie sich deswegen rechtfertigen sollte. Sie suchte sich gleich einen großen, bequemen Samtsessel aus. Ein paar bunte Kissen drapierte sie um sich rum und damit fühlte sie sich jedes Mal irgendwie beschützt und gehalten.

„Es ist einfach verrückt, wie oft Männer in Beziehungen leben, die sie weiterführen wollen, und trotzdem jede Gelegenheit nutzen, um fremd zu gehen", sprudelt es aus Emma gleich zu Beginn der neuen Sitzung heraus, während Dr. Sommer für sie ein Glas Wasser einschenkt.

Der fragende Blick und das wohlwollende Lächeln ermutigen sie, sich zurückzulehnen und über ihr letztes Abenteuer zu erzählen: „Ich besitze einen Sportwagen. Ein Porsche 911.

Da ich gerne alles im Griff habe, lag die Entscheidung nah, mich für einen Fahrsicherheitstraining anzumelden."

Dr. Sommer nickt zustimmend und setzt sich in ihren Sessel, der genauso bequem wie der Emmas ist. Sie war sehr geschickt darin, eine gelassene, vertraute Atmosphäre zu schaffen.

„Jens, mein Fahrlehrer", fährt Emma fort, „gab mir sofort das Gefühl, dass wir uns auf Augenhöhe begegneten. Keine zweideutigen Kommentare seinerseits, keine unnötige Erklärungen darüber, wie ein Sportwagen zu handeln sei. Ich nahm seine Leidenschaft wahr, sein Gespür für meinen Porsche, und dass er den Fokus halten konnte … Davon ließ ich mich, später am Abend, in meiner Wohnung wiederholt überzeugen."

„Es war ein One Night Stand?", fragt die Therapeutin, nur um sicher zu gehen, dass sie alles richtig versteht.

„Ja … Das wusste ich allerdings an dem Abend noch nicht. Es wurde mir erst klar, als ich ein paar Tage später telefonisch versuchte, das nächste Fahrtraining mit ihm zu buchen … Es tue ihr leid, sagte die freundliche Dame am Telefon, Jens sei Anfang der Woche in Urlaub gefahren, auf Hochzeitsreise!"

Emma macht eine Pause und wartet auf Dr. Sommers Meinung dazu. Für eine Weile ist Stille.

„Wie konnte er das nur mit seinem Gewissen vereinbaren?", fragt Emma, nachdem ihr klar wird, dass von der Therapeutin keinen Zuspruch und keine Ablehnung bekommen wird.

„Haben Sie sich an den Abend Gedanken darüber gemacht, ob er liiert ist, oder nicht?", kommt schließlich die überraschende Frage.

„Hmmm … nein", gibt Emma kleinlaut zu.

„Es kommt vor, dass ganz harmlose Gespräche und Handlungen plötzlich eine sexuelle Energie freisetzen. Möglicherweise hat Jens seine Partnerin mit Ihnen betrogen. Möglich ist es aber auch, dass sein Beziehungsmodell einen Seitensprung erlaubt. Monogam zu leben ist eine Entscheidung und kein Naturgesetz", antwortet Dr. Sommer mit einer beneidenswerten Gelassenheit.

Emmas erster Impuls ist, ihre Ablehnung zu äußern. ‚In einer glücklichen Beziehung hat man kein sexuelles Verlangen nach anderen Partnern', denkt Emma. ‚Oder …?'

„Meinen Sie, eine offene Beziehung kann wirklich funktionieren?", fragt sie anschließend skeptisch.

„Es kann alles funktionieren, womit beide Partner einverstanden sind," so die Antwort.

Emma nimmt sich etwas Zeit, um über ihrer Beziehung mit Toby nachzudenken. ‚Hätte ich damals akzeptieren können, ihn in diesem einen Punkt mit anderen Frauen zu teilen? … Definitiv nicht', sagt sie sich.

„Mir wird gerade bewusst", sagt sie anschließend, „dass ich mich nach meiner Trennung von Toby an keinen anderen Mann emotional gebunden habe. Die letzten Jahre waren die Männer für mich ein durchlaufender Posten. Wie konnte ich dermaßen abstumpfen?"

„Verhaltensweisen und Emotionen sind oft Reaktionen auf vergangene Erfahrungen. Möglicherweise hat Ihr Unterbewusstsein entschieden, dass es erstmal für Sie besser ist, wenn Sie sich emotional schützen und nur oberflächige Beziehungen eingehen", kam die sachliche Antwort.

„Verstehe …, aber wie kommt es, dass die Männer genauso unverbindlich mir gegenüber waren? Keiner hatte je die Absicht gezeigt, mich ernsthaft kennenlernen zu wollen", so Emma.

„Spielen Sie Spielchen, wenn Ihnen ein neuer Mann begegnet?", fragt Dr. Sommer.

Emma zieht instinktiv die Augenbrauen hoch und ihre, sonst immer lächelnde Lippen, machen einen deutlichen

Bogen nach unten. Sie denkt nach, ob ihr Verhalten unter „Spielchen" durchgehen könnte.

„… Sie wissen schon, hilft Dr. Sommer nach, Nachrichten deutlich später beantworten, obwohl Sie die gleich gelesen haben, sich rarmachen, undeutlich agieren …, alles, was manche Frauenzeitschriften empfehlen und behaupten, dass eine Frau dadurch interessanter für einen Mann wird."

„Ja und … ja", antwortet Emma und merkt, wie ihre Wangen warm werden. ‚Was für ein Teenie-Verhalten!', denkt sie.

„Was meinen Sie wohl, was Sie dadurch bekommen?", so Dr. Sommers Frage. „Genau das, was Sie säen. Spielchen."

Es ist Emma absolut klar, dass diese Schlussfolgerung Sinn macht.

Es gab eine Zeit, in der es für sie notwendig war, ihr Herz vor neuen Enttäuschungen zu schützen. Sie war wütend und verletzt gewesen, sie hatte viel geweint, später hatte sie geflirtet und mit ihren Reizen gespielt.

Inzwischen kam sie sich jedoch wie eine Schwindlerin vor. Sie behauptete, Dinge zu wollen, die sie definitiv nicht mehr wollte, nur um sich selbst davon abzulenken, dass sie Angst davor hatte, nicht zu bekommen, was sie wirklich wollte.

„Ich habe es eigentlich satt, vorzugeben, die ‚coole' zu sein, die nichts an sich ranlässt, die angeblich niemanden braucht, die keine Gefühle hat und sich das nimmt, was sie gerade will", sagt Emma mit müder Stimme.

Die Therapeutin nickt aufmerksam und lässt Emma Zeit, ihre Gedanken weiterzuführen.

„… Und gleichzeitig traue ich mich nicht, ‚Ja' zu einer echten Beziehung zu sagen, weil ich befürchte, nicht gut genug und liebenswürdig genug zu sein. Single zu bleiben hat mich von weiteren Enttäuschungen bewahrt", sagt Emma anschließend.

„Ihre zukünftigen Erfahrungen sind nicht zwingend die Wiederholung ihrer Vergangenheit. Sie alleine entscheiden, wie Sie Ihre Zukunft gestalten und welche Bedeutung Sie Ihren Erinnerungen geben", antwortet Dr. Sommer und lächelt wohlwollend.

Emma erinnert sich an ein früheres Beratungsgespräch. Damals erstellte sie zornig ein Ranking der meist gehassten Sprüche, die sie sich nach der Trennung von Toby hatte anhören müssen. Sie waren sicherlich lieb gemeint, aber Emma fand sie nur dumm. „Die Zeit heilt alle Wunden und Schmerzen" hörte sie damals sehr oft. Emma wusste nicht, ob ihre Wunden jemals heilen würden und welche Narben sie vielleicht für immer behalten würde. Eines wusste sie aber genau: Sie wollte nicht zu denen gehören, die ihre Vergangenheit immer wieder als zuverlässige Quelle nutzen, um in der Gegenwart unglücklich zu sein.

Sie wollte sich unbedingt von der schmerzhaften Vergangenheit lösen und die Blickrichtung wechseln, um neue Möglichkeiten zu entdecken.

„Ich will endlich mein Leben zurück", sagt sie mit fester Stimme. Und der Ernst in ihrem Ton lässt keine Zweifel, dass sie es wirklich will.

„Wollen Sie es, oder sind Sie bereit dafür?"

„Ähmmm … ich verstehe nicht ganz", sagt Emma mit fragendem Blick.

„Sie kennen bereits den Leitsatz für Veränderungen", antwortet Dr. Sommer. „Nichts wird besser, wenn wir nicht …"

„… Unseren Hintern hochkriegen und unser Verhalten verändern", führt Emma den Satz zu Ende und nickt dabei mit dem Kopf.

„Schön", sagt Dr. Sommer und beugt sich auffordernd nach vorne. „Sie sind also bereit, Veränderungen zuzulassen, indem Sie Ihr Verhalten und Ihre Sicht auf die Dinge verändern", sagt sie weiter, als würde sie auf Nummer sicher gehen wollen, Emmas Motivation richtig verstanden zu haben.

„Richtig", bestätigt ihr Emma. „Ich habe genug von schmeichelhaften, aber oberflächigen Dates. Die enden jedes Mal in einer Sackgasse. Ich will jetzt alles. Vertraute Liebe und heißen Sex, Glamour und Netflix-Abende auf der Couch, Spontaneität und Gemütlichkeit, Wodka und Green Smoothie."

‚Emmas Begeisterung, ihre positive Energie müssen kanalisiert und dafür genutzt werden, eine powervolle Vision zu kreieren', denkt Dr. Sommer und möchte Emma unbedingt ermutigen, ihr Wunschleben zu visualisieren.

„Wenn das so ist. Ich möchte gerne eine Übung mit Ihnen ausprobieren, beziehungsweise Ihnen mal wieder eine Hausaufgabe geben", sagt sie anschließend.

Emma fand Dr. Sommers Hausaufgaben meistens spannend. Manchmal verstand sie deren Nutzen erst später, nachdem sie die neuen Gedanken und Gewohnheiten verinnerlicht hatte. Oft vertraute sie einfach darauf, dass sie schon einen Sinn haben würden und hinterfragte die Vorschläge erst gar nicht.

„Ich bin gespannt, was es diesmal sein wird", sagt Emma erwartungsvoll. Ihr Gefühl sagte ihr, es könnte etwas Kreatives und Positives sein. Das würde zu ihrer Aufbruchsstimmung passen.

„Ich möchte, dass Sie sich vorstellen, ein Wunder wäre über Nacht geschehen und Sie könnten Ihr absolutes Traumleben genießen. Absolut alles wäre möglich. Keine Grenzen, keine Tabus, keine Gedanken darüber verschwenden, was realistisch ist oder was nicht. Träumen Sie groß und mutig."

„Ich soll mir also mein Leben in den buntesten Farben ausmalen?", fragt Emma, sehr angetan von der Idee, alles nach ihrem Gusto zu gestalten.

„Ganz genau", bestätigt ihr Dr. Sommer. „Stellen Sie sich vor, wie Sie den perfekten Tag verbringen würden. Wo, mit wem, in welcher Umgebung? Ziehen Sie immer größere Kreise …"

„Also ein Leben unter dem Motto ‚Alles ist möglich'"?, Emma lässt sich die Worte genüsslich auf der Zunge zergehen. „Das kriege ich hin", sagt sie voller Vorfreude.

Später, fast zu Hause angekommen, kann sie dem süßlichen, warmen Gebäckgeruch aus dem französischen Café in ihrer Straße nicht widerstehen. Das Schaufenster stellt sie auf harte Probe: ein cremiges Éclaire, eine zart schmelzende Schokoladentarte, die bunten Macarons … Emma entscheidet sich für ein Pain au chocolat und einen himmlisch duftenden Kaffee. Aus ihrer Tasche holt sie ein Notizbuch, sie reißt eine Seite heraus und schreibt ihre Gedanken auf: ‚Ich habe beschlossen, dir zu vergeben. Nicht, weil du dich entschuldigt hast oder weil du verstehst, wie weh du mir getan hast, sondern weil ich zur Ruhe kommen will und mein Leben weiterleben will.'

Sie wird später den kurzen Brief verbrennen und das Kapitel „Toby" abschließen. Sie wird den Schmerz, die Verunsicherung, die Frage, ob sie „gut und liebenswürdig genug ist" ein für alle Mal loslassen.

Dr. Sommer hat Emmas Bitte aufgegriffen und ihren letzten Podcast dem Thema „Umgang mit dem Vertrauensbruch durch Fremdgehen" gewidmet. Das hat für Emma eine neue Sichtweise eröffnet. Aber hätte sie damals schon diese Kraft und Nüchternheit aufgebracht, um Tobys Verhalten verstehen zu können?

Emma will lieber nach vorne blicken. Sie will träumen. Sie will groß und mutig denken und fühlen. Ohne Grenzen, ohne Tabus und ohne sich damit aufzuhalten, was realistisch sei.

***

Podcast Dr. Sommer
Warum gehen Männer fremd? Warum betrügen Frauen?

Ja, Ihr Lieben, Ihr habt richtig gehört: Nicht nur Männer gehen fremd, Frauen genauso.

Eine lebenslange treue Beziehung ist das, was sich die meisten Menschen wünschen. Die Realität sieht aber anders aus. Hier besteht oft eine große Diskrepanz zwischen dem Wunsch nach Verlässlichkeit und Beständigkeit einerseits und dem Bedürfnis nach Freiheit und Abenteuer andererseits.

Wir haben sehr hohe Erwartungen an unsere Partnerschaft: Liebe und Freundschaft, Geborgenheit und heißen Sex, Bindung und Freiheit, Beständigkeit und Wachstum.

Die meistgenannten Gründe für Fremdgehen sind bei Männern sexuelle Unzufriedenheit und bei Frauen das Gefühl, in der Beziehung vernachlässigt zu werden.

Dabei ist viel Selbstbetrug mit im Spiel. Männer geben oft nicht zu, dass sie in ihrer Beziehung die Anerkennung, die Bewunderung vermissen und Frauen, dass es ihrem Ego sehr guttut und sie sich geschmeichelt fühlen, sich begehrt zu wissen.

Der abwiegelnde Satz: „Schatz, es ist nicht so, wie du denkst" stimmt also in gewisser Weise fast immer.

Fremdgehen, der Rausch einer Außenbeziehung, bedeutet meist ein Gefühlschaos, ein Wechselbad zwischen Schmerz und Zauber der heimlichen Liebe, ein Hin- und Hergerissensein zwischen Schuldgefühlen und Leidenschaft.

Manche Paare brauchen einen harten Schlag wie die Affäre eines Partners oder eine temporäre Trennung, um aufzuwachen und sich bewusst machen, was sie sich seit langer Zeit gegenseitig antun. Nichts passiert ohne Grund ….

Warum geht man fremd, obwohl man den eigenen Partner liebt? Eine mögliche Antwort wäre: weil es an der Zeit ist, sich als Paar weiterzuentwickeln.

Frauen und Männer sind unterschiedliche Wesen, das ist eine Tatsache. Sie ticken jeweils anders, sie kommunizieren anders und haben teilweise verschiedene Werte.

Fest steht außerdem, dass wir heute in unserem Leben „oversexed" sind. Ständig und überall werden wir in unserem Alltag mit dem Thema „Sex" konfrontiert. Aber zwischen den lasziven Popstar-Videos, Superbodys auf Instagram, unserer Phantasie und der Realität in heimischen Betten liegen meist Welten.

Die meisten Seitensprünge beginnen mit ganz alltäglichen Handlungen oder scheinbar ganz harmlosen Gesprächen, die jedoch eine solche Intensität bekommen, dass auch das sexuelle Erlebnis gesucht wird.

Und so werden bei Männern genauso wie bei Frauen Schuldgefühle erst einmal verdrängt, man lässt sich durch sie nicht vom Fremdgehen abhalten. Werte, Moralvorstellungen, Gewissensbisse werden vorläufig auf Eis gelegt. Denn das Ego will das Abenteuer genießen.

Ihr Lieben, eine Affäre bedeutet dennoch nicht zwangsläufig das Ende einer Beziehung. Entscheidend ist, die richtigen Fragen zu stellen, um die Beweggründe des Partners für das Fremdgehen zu verstehen. Auch wenn es schwer fällt, sollte man darauf verzichten, den Partner zu verhören.

Überhaupt nicht zielführend sind Fragen von der Art: „Wie konntest du nur?", „Was hat sie/er, was ich nicht habe?", „Wie oft habt ihr es getrieben?", „Ist sie/er besser im Bett als ich?"

Diese Fragen werden Euch nicht weiter helfen. Im Gegensatz, sie werden nur Euren Schmerz verstärken.

Hilfreiche Fragen sind dagegen: „Was hat es Dir bedeutet?", „Was hast Du in unserer Beziehung vermisst?", „Wie hast Du Dich gefühlt, als Du danach zu mir nach Hause gekommen bist?", „Wie geht es Dir jetzt, wo Du mich nicht mehr anlügen musst?"

Es lässt sich viel mehr klären, wenn Dein Partner nicht das Gefühl bekommt, dass er sich verteidigen muss, sondern wenn er Dein ehrliches Interesse an seinen Gefühlen spürt.

Es ist enorm wichtig, dass Du Dir erst einmal für Dich klar bist darüber, ob Du ehrliche Antworten überhaupt aushalten kannst oder ob Du Dir ganz bestimmte Antworten wünschst?

Wenn Dein Partner das Gefühl hat, dass ihm seine Ehrlichkeit zur Last gelegt wird, wird er sehr wahrscheinlich die Wahrheit verzerren.

Das Schwierige in solch einem Gespräch ist, mit den Gefühlen, die dabei entstehen, umzugehen. Das Gefühl, nicht auszureichen, nicht gut genug zu sein und nicht mehr geliebt zu werden. Das Gefühl, verraten zu werden. Die Wut, der Hass, die Verzweiflung ….

All diese schwierigen Gefühle entstehen allerdings erst durch die Bedeutung, die Du dieser Situation gibst. Es kann helfen, den ganzen Schlamassel erst einmal nüchtern zu betrachten. Was ist eigentlich passiert? – Mein Partner hat Sex mit jemand anderen gehabt.

Das ist Fakt.

Der Satz: „Mein Partner hat mich betrogen und gedemütigt", enthält bereits eine Bewertung und das kann eine Identitätskrise auslösen und Schmerz hervorrufen. Du bist plötzlich nicht mehr die „geliebte Frau", sondern die „betrogene Frau".

Viele Affären werden früher oder später zum Verhängnis. Der Schwachpunkt dabei ist nicht, wie man vielleicht vermuten möchte, der betrogene Partner – es ist eher der gekränkte Dritte. Sobald sich Anziehung in Abneigung und reiner Sex in Gefühle verwandelt, tickt die Zeitbombe.

Meine Lieben, ich verabschiede mich heute mit einem mutigen Gedanken und freue mich über Eure Meinung dazu. Er lautet: Die Qualität einer Beziehung sollte nicht daran bemessen werden, ob beide Partner sagen können: „Wir waren uns immer treu". Treue als Dogma zu betrachten, kann sehr bedrückend sein.

***

Klare Worte erhalten die Freundschaft

Ein einziges Thema beherrscht das Gespräch in Lias Mittagspause bei ihrem Lieblings-Italiener: das Dreieck Max – Lia – Philipp.

Paul hört ihr geduldig und verständnisvoll zu, während er seine Pasta genießt. Zwischendurch erhebt er den Blick, um Aufmerksamkeit zu signalisieren. Bisher hatte er keine Chance, auch seine eigene Meinung einzubringen, denn Lia führt einen leidenschaftlichen Monolog. Die Gedanken sprudeln regelrecht aus ihr heraus. Dieselben Gedanken, die sie schon seit einer ganzen Weile hin und her wälzt. Ihrem Mittagessen schenkt sie heute kaum Beachtung, denn ihr Mitteilungsbedarf ist offensichtlich größer als ihr Hunger.

In der gefühlt ersten Atempause, die sie sich erlaubt, ergreift Paul seine Chance, diesem ausgelutschten Thema ein Ende zu setzen.

„Ich finde, du legst eine bemerkenswerte Dickköpfigkeit an den Tag, wenn du erwartest, dass dein Mann so denkt und fühlt wie du. Und seit Monaten meinst du felsenfest, dass du dein Gedankenchaos und deine Ängste ihm nicht mitzuteilen brauchst."

Pauls direkte Worte lassen Lia sofort aufmerken. Das hat sie schon immer an ihm geschätzt. Paul konnte unbequeme Wahrheiten beim Namen nennen.

Sie legt die unbenutzte Gabel auf den Tisch und versucht mit verstohlenen Blicken rauszufinden, ob ihre Unterhaltung mitgehört wird. Mit gesenkter Stimme versucht sie sich zu verteidigen.

„Wo ist nur mein liebevoller Freund Paul? Der mich und mein Gefühlschaos verstehen könnte?"

„Tut mir leid, Lia. Dieser Zeitpunkt liegt inzwischen schon ein paar Wochen zurück. Viel zu lange quälst du dich, Max, die Mädels und mich mit immer denselben Fragen, denselben Gesprächen und deinem seltsamen Verhalten. Wir können langsam in Anwesenheit von Max nicht mehr so tun, als würden wir nichts merken und nichts wissen.

„Du hast vollkommen Recht. Tut mir leid, dass ich euch mit reingezogen habe. Ich habe euch, ohne es zu merken, zu Komplizen gemacht.“

„Darum geht es überhaupt nicht. Wir haben Verständnis für dein Dilemma. Aber, meine Liebe, du musst eine Entscheidung treffen und Max aufklären. Er muss doch langsam mit seinem Latein am Ende sein und wahrscheinlich auch mit seiner Geduld.“

„Hat er was zu dir gesagt?“, zuckt Lia beunruhigt zusammen.

„Natürlich nicht! Wir Männer reden über Autos, Karriere, über das Weltall …, aber doch nicht über unsere Beziehungsprobleme“, meint Paul nur halb ernsthaft.

„Max müsste mich doch inzwischen so gut kennen, dass …“, beginnt Lia.

„…, dass er deine Gedanken lesen kann, dass er wissen müsste, wieso du ihm gegenüber so kontrovers bist und er dir nichts mehr recht machen kann?“, führt Paul ironisch Lias Satz zu Ende. „Und weißt du denn selber inzwischen, was du eigentlich willst?“

„Ich weiß, dass ich Max liebe. Und ich verachte mich für mein Verhalten ihm gegenüber!“, stößt Lia hervor. Ihr Kinn fängt an zu zittern, wie so oft in letzter Zeit, und es fällt ihr sichtlich schwer, weiterzureden.

Paul nimmt ihre Hand und lässt ihr Zeit, sich zu sammeln.

„Aber von Philipp, den ich durchaus heiß finde, begehrt und hofiert zu werden, das stellt irgendwie alles in den Schatten. Auch meinen sonst so wachen Verstand. Wenn es um Philipp geht, fühle und benehme mich, wie ein verliebter Teenager", gesteht sie.

Lia schaut kopfschüttelnd an Paul vorbei und fährt fort: „Ich weiß, es ist absolut irrational. Würde ich eine ‚Pro und Contra' – Liste machen, würde alles für meine Beziehung mit Max sprechen. Als Anwältin kann ich für alles Argumente finden. Aber gerade meine Gefühle widersetzen sich jedem logischen Gedankengang."

„Und was spricht für Philipp?", fragt Paul neugierig.

„Das Abenteuer", antwortet Lia, wie aus der Pistole geschossen. „Alles, was ich mit ihm verbinde, ist das pure Abenteuer."

„Du benimmst dich, wie eine Spielsüchtige! Anstatt deinen Gewinn mitzunehmen und das Leben zu genießen, setzt du alles, was du hast, auf eine Zahl und riskierst, alles zu verlieren."

„Dabei findet das meiste nur in meiner Vorstellung statt", sagt Lia unschuldig lächelnd. „Unsere Telefonate sind professionell gehalten und wenn er mir gegenübersitzt, benehme ich mich wie eine Lolita. Darüber hinaus findet aber nichts Verwerfliches statt."

„Manche Dinge sind nur als Erlebnis interessant und andere wiederum nur als Vorstellung", antwortet Paul, und ohne eine weitere Frage zu stellen, hebt er vielsagend seine Augenbraue.

Es folgt bedrückendes Schweigen.

Und wäre nicht die begrenzte Zeit gewesen, hätte Lia vielleicht nach einer Antwort gesucht.

Das Gartenfest

Ein warmer Sommerabend und die Nähe ihrer liebsten Menschen genießen zu können, sind für Marie Anlass genug, ein entspanntes Gartenfest zu geben.

Sie ist in ihrem Element. Alle, die sie in ihr Herz eingeschlossen hat, sind da. Jakob und Tom und „die besten Eltern der Welt", wie sie ihre Eltern voller Liebe bezeichnet. Emma, Lia und Paul dürfen selbstverständlich nicht fehlen. Genauso wenig wie die beiden Geschäftspartner von Tom und ihre süßen jungen Familien.

Marie fällt es schwer, zuzugeben, dass sie auf die beiden Männer eifersüchtig ist. Sie weiß genau, dass sie ihnen Unrecht tut, aber Tom verbringt ihrer Meinung nach viel zu viel Zeit im Büro mit den Jungs. Unzählige Abende und Wochenenden mussten Marie und Jakob ohne Tom verbringen. Unzählige Male versicherte sie ihm, dass sie Verständnis hätte für seinen Ehrgeiz, seinen Wunsch, das Unternehmen voranzutreiben. Irgendwie stimmt das ja auch, aber sie vermisst eben Tom und wünscht sich insgeheim, dass er eine andere Art von Arbeit hätte. Eine ohne Deadlines und ohne „open end" Besprechungen.

Und noch etwas vermisst sie immer deutlicher: ihre Eigenständigkeit und die Möglichkeit, sich ihre ganz persönlichen Wünsche zu erfüllen. Sie muss zugeben, es fehlt ihr ungemein, ihre Liebe zur Kunst auszuleben, genau wie der tägliche Austausch mit Menschen, die sich für dieselben Dinge wie sie selbst, begeistern können.

Marie hat ihre geliebte grüne Oase in ein gemütliches buntes Nest verwandelt. Lässige, bequeme Sitzsäcke sind überall im Garten verteilt. Unter der Trauerweide gibt es ausreichend

Platz für Bierbänke, und am Gartenzaun entlang sind bunte Luftballons befestigt, die sich nach jeder noch so leichten Brise in der Luft bewegen. Es riecht appetitlich nach Gegrilltem. Das Klirren der Gläser vermischt sich mit den heiteren Stimmen der Erwachsenen und das fröhliche Jauchzen der Kinder. Die ganze Atmosphäre strahlt einfach Gelassenheit, Glück und Liebe aus.

Tom hebt sein Glas und macht damit auf sich aufmerksam.

„Unser Haus ist voll mit glücklichen Menschen und so habe ich es am liebsten", sagt er, legt dabei seinen Arm liebevoll um Maries Schultern und fährt dann fort: „Ich danke euch fürs Kommen und ich danke meinem Engel" – er küsst dabei Marie auf die Stirn –, „für diesen tollen Abend. Lasst ihn uns genießen!"

Lias und Emmas Blicke treffen sich. Beiden ist nicht entgangen, dass auf Maries Mund ein bezauberndes Lächeln erscheint, doch dass ihre Augen irgendwie traurig wirken. Sie verteilt herzliche Umarmungen, bedankt sich für die kleinen Gastgeschenke, hört interessiert zu, lobt und ermutigt die tobenden Kinder, gibt jedem einzelnen das Gefühl, willkommen und geschätzt zu sein.

Sie scheint immer wieder Toms Aufmerksamkeit zu suchen. Er wiederum nutzt auch noch diesen Abend, um mit den Jungs über anstehende Projekte groß zu träumen.

Seit einiger Zeit schon werden Maries Anspielungen für Emma und Lia immer deutlicher. Ihr Glück hat offensichtlich Kratzer abbekommen, aber sie hat es bis jetzt geschickt vermieden, offen darüber zu reden.

„Was meinst du", fragt Emma unverblümt, „machen die beiden uns allen was vor? Ich meine, für Tom scheint die Welt in Ordnung zu sein. Marie ist aber offensichtlich nicht glücklich."

„Ich befürchte sogar, dass Marie alleine versucht, den Schein zu bewahren", antwortet Lia und verlässt sich dabei auf ihr Gespür als Anwältin. „Wie du schon sagst, für Tom ist die Welt in Ordnung, und ich glaube, er nimmt Maries Veränderung gar nicht wahr oder nicht ernst."

Emma nickt zustimmend. Wenn sie sogar mit ihr, ihrer besten Freundin, nicht offen über ihren Kummer redet, dann wird sie bestimmt schon gar nicht ihre große Liebe „enttäuschen" wollen und zur Rede stellen.

Marie scheint in einer Sackgasse zu stecken.

„Vielleicht ist es mal wieder Zeit für einen entspannten Mädelsabend", schlägt Lia in einem vieldeutigen Ton vor.

Emma versteht sofort ihre Anspielung, beschließt aber, das Thema für diesen Abend gut sein zu lassen.

Lias Handy vibriert kurz in ihrem Schulter-Täschchen.

‚Freitag Abend. Das kann nicht wichtig sein‘, denkt sie kurz und ignoriert es.

Aber das Vibrieren hört einfach nicht mehr auf. Es scheint, als würde jemand jede geschriebene Zeile einzeln senden.

Sie kennt nur eine Person, die so schreibt: Philipp.

Ihr Herz fängt augenblicklich an zu rasen. In ihrem Magen rumort es und ihre Gedanken schießen davon. Sie flüstert Max, der sich angeregt unterhält, ein kurzes „Bin gleich wieder da" ins Ohr und zieht sich unter den riesigen Kastanienbaum zurück.

Ihr Handy zeigt fünf WhatsApp Nachrichten.

„Hey, meine Hübsche", heißt es.

„Bist du noch im Büro?"

„Lust auf Essen gehen?"

„Würde dich gerne sehen."

„Bin einsam ohne dich in München."

Wie allzu gerne würde sie jetzt zusagen können …, aber nein, heute geht es wirklich nicht. Sie ist schließlich bei Freunden und sie kann sich nicht früher verabschieden. Es tut ihr leid, dass sie ihn nicht aus seiner Einsamkeit befreien kann, aber er sollte sich trotzdem einen schönen Abend machen. Seine gewagten Andeutungen kann er sich sparen, denkt sie. Heute kann sie das Spielchen nicht mitspielen. Heute nicht.

Die Nachrichten fliegen nur so hin und her. Lia vergisst die Welt um sich, bis Emmas Stimme in ihr Ohr zischt:

„Egal, was du da machst ..., hör sofort auf damit!"

Lia schaut erschrocken auf. Ihre Blicke treffen Max' Augen. Er neigt den Kopf leicht zur Seite und lächelt sie traurig an. Dann senkt er den Blick und dreht sich wieder Tom und den anderen zu.

„Scheiße", flüstert Lia, ohne dabei die Lippen zu bewegen.

„Was machst du verdammt nochmal?", fragt Emma genervt.

„Ich ... habe meiner Assistentin geschrieben", kommt die lausige Lüge.

„Lia ...!", Emma verliert jetzt die Geduld. „Man sieht doch von Weitem dein Grinsen und deine lüsternen Blicke."

„Es tut mir leid", sagt sie mit tränenerstickter Stimme.

„Liebes, dieses Versteckspiel fängt an, verletzend zu sein. Dieser Philipp ist wohl der Einzige, der darunter nicht leidet", sagt Emma mit etwas milderer Stimme.

Der Rest des Abends vergeht für Lia sehr zäh. Sie bekommt erst gar nicht mit, dass Maries Eltern sich verabschieden und den kleinen Jakob mitnehmen, „damit die jungen Leuten in Ruhe feiern können", wie sie sagen.

Lia versucht, wieder Anschluss an die Gruppe zu finden, aber sie schafft es nicht, ihre Gedanken in Zaum zu halten. Sie versucht, den Blick von Max zu treffen, nur er hat bereits entschieden, ihr auszuweichen. Schuld und Angst machen sich in ihr breit.

Emmas Versuche, Lia ins Gespräch miteinzubeziehen, scheitern kläglich. Marie scheint ebenfalls gereizt zu sein.

Nur so lassen sich die kurzen spitzen Bemerkungen in Richtung Tom erklären.

„Die Männer sehen es als ihre Lebensaufgabe, einen Baum zu pflanzen, ein Kind zu zeugen und ein Haus zu bauen", sagt sie leicht affektiert. „Und wir Frauen pflegen diesen Baum, erziehen die Kinder und erledigen den Haushalt", führt sie ihre Gedanken fort.

„Und dafür liebe ich dich so sehr, mein Engel", sagt Tom und in seiner Stimme ist keine Spur von Ironie oder Überheblichkeit.

Zwei Flaschen Wein und eine gefühlte Ewigkeit später verabschieden sich Toms Geschäftspartner, deren Kinder müde und quengelig geworden sind.

Emmas Vorschlag, der kurz danach kommt, sich ein Taxi zu teilen, reißt Lia aus ihrer Gedankenwelt raus. Endlich. Den ganzen Abend ist sie das bevorstehende Gespräch mit Max gedanklich durchgegangen. Sie hat beschlossen, diesem falschen Spiel ein Ende zu setzen. Sie wird ehrlich sein, sie wird ihm sagen, dass ihre Liebe für ihn unverändert ist, sie wird ihm erklären, dass sie nur etwas Zeit braucht, ihr Gefühlschaos zu ordnen. Sie wird sich entschuldigen für ihr Schweigen, für ihre Lügen und sie wird ihm versichern, dass nichts passiert ist – mit dem anderen.

Die Stimmung während der Taxifahrt ist bedrückend. Emma und Paul bemühen sich, die Stille zu brechen und führen eine belanglose Unterhaltung. Lia greift nach der Hand von Max. Der zieht sie allerdings wortlos zurück und verschränkt seine Arme vor seiner Brust. Lias Hoffnung, dass alles wieder gut wird, verschwindet von Minute zu Minute. Max' Verständnis und Geduld sind offensichtlich aufgebraucht.

Maries Garten trägt die Spuren eines gelungenen Festes. Die langen Holztische sind immer noch voll mit leeren Flaschen und Gläsern aller möglichen Formen. Neben dem inzwischen abgekühlten Grill stapeln sich hohe Türme von schmutzigem Geschirr. Maries Freunde hatten ihr noch angeboten, ihr bei den Aufräumarbeiten zu helfen, es wäre das Mindeste, was sie beitragen könnten, um sich für ihre Gastfreundlichkeit zu bedanken. Doch Marie hatte abgelehnt.

Das stimmungsvolle, unaufdringliche Licht der Gartenfackeln ist inzwischen erloschen und damit ist auch die gelassene Stimmung verflogen.

„Mein Engel, ich beantworte schnell eine Mail und dann helfe ich dir beim Aufräumen", sagt Tom, während er sich am Küchentisch auf sein Handy konzentriert.

Marie weiß aber, dass sie wieder einmal alles alleine wird erledigen müssen, während Tom die Zeit vergessen wird und immer mehr „dringende" Mails beantworten oder schreiben wird.

Die aufgestaute Unzufriedenheit und das Gefühl, zu kurz zu kommen, finden ihr Ventil, um auszubrechen. Marie knallt das Tablett mit leeren Gläsern auf den Küchentisch, direkt vor Toms Unterlagen. Ein ohrenbetäubendes Klirren von umgekippten und zerbrochenen Gläsern lässt Tom aufschrecken.

„So habe ich mir unser Familienleben nicht vorgestellt", zischt Marie … Sie schleudert Tom ihre geballte Wut entgegen. Jetzt ist es vorbei mit ihrer Selbstbeherrschung.

Er antwortet nicht und starrt sie einfach an.

Marie gerät in einen Wutrausch, weil sie sein Schweigen als Ignoranz interpretiert. Je mehr sie über ihre Enttäuschung und über ihr Gefühl, alleine gelassen zu werden, redet, desto mehr fühlt sich Tom auf der Anklagebank. Er fühlt, dass er für alles verantwortlich gemacht wird. Der Streit wird zu einem verbalen Kampf und die Emotionen entgleisen. Die beiden, die sich eigentlich so sehr lieben, gehen wie Hyänen mit gefletschten Zähnen aufeinander los. Sie sind offensichtlich kurz davor, alles zu zerstören, was sie lieben.

Sie reden aneinander vorbei.

Was war in den letzten Jahren geschehen? Schon seit einer ganzen Weile gilt Toms ganze Energie und Aufmerksamkeit seiner Karriere. Er verliert sich immer mehr in seine Arbeit. Das bescherte den beiden in den letzten Jahren immer wieder mal leichte, mal ernsthafte Spannungen.

Tom glaubt, Marie will ihn verändern und nach ihrer Vorstellung formen. Marie behauptet in emotionalen Streitgesprächen, Tom schätzt sie nicht wert und hält das Leben mit ihr für selbstverständlich.

Er sieht seine Karriere als Herausforderung und seinen Erfolg als Bestätigung für sein Können, was ihm die Sicherheit gibt, seinen Liebsten ein sorgenfreies Leben bieten zu können. Marie hält allerdings seinen extremen Ehrgeiz für einen großen Störfaktor in ihrem Familienleben.

Immer wieder behauptet sie: „Mir ist deine Präsenz hier zu Hause wichtiger als ein bequemer Lebensstil."

Bisher wollte Marie mit niemandem darüber reden. Doch ihren Traum als gescheitert zu betrachten, ist für sie auch keine Option.

In letzter Zeit erinnert sie sich verstärkt an Emmas Worte: „Du liebst die Kunst und den Austausch mit kreativen Köpfen! Das ist ein Teil von dir …, gib den nicht auf!"

War das etwa der Schlüssel zur Lösung ihrer Probleme? Marie erinnert sich an ein Zitat, das ihr vor einiger Zeit aufgefallen war: „Wir alle besitzen bereits den Schlüssel für ein harmonisches, erfüllteres Leben. Manchmal brauchen wir nur eine Weile, bis wir uns daran erinnern, wo der versteckt liegt."

Marie mag sich selbst nicht, so wie sie geworden ist. Sie ertappt sich manchmal, wie sie nur darauf wartet, dass Tom einmal wieder was vergisst oder falsch gemacht hat.

Viel zu oft beschwert sie sich darüber, wie viel sie für die Familie tut und wie wenig Anerkennung ihrer Meinung nach sie dafür bekommt. Ist das aber wirklich wahr – oder entwickeln ihre Enttäuschung und ihr Frust eine eigene Dynamik? Sie war es doch, die unbedingt Mama und Partnerin sein, zu Hause bleiben und für ihre kleine Familie liebevoll sorgen wollte. Genau so, wie sie es in ihrer Kindheit bei ihrer hingebungsvollen Mutter erlebt hatte.

Hat sie womöglich ihre Aufmerksamkeit doch zu einseitig fokussiert? Die Idee von Haus, Mann und Kind und die als Hausfrau zu leben … – war das wirklich ihr Wunsch oder hat sie die Idee einfach übernommen?

Und …, wenn sie eben nicht wie ihre Mutter war und Tom nicht wie ihr eigener Vater?

Sie musste zugeben, dass sie Tom für seinen Alltag beneidete. Es sah nach viel mehr Freiheit, Erfüllung und Spaß aus. Wo war der Fehler? Und wer machte ihn?

Hatte sie womöglich die Leiter zum Glück an die falsche Wand gestellt?

Was ist denn los, Lia?", brüllt Max verzweifelt, als sie nach Maries Gartenfest endlich die eigene Wohnung betreten. „Ich erkenne dich nicht wieder. Seit Monaten versuche ich, es dir recht zu machen! Ich tänzle wie ein Idiot um dich rum und versuche zu verstehen, was du brauchst. Ich habe alles versucht und meine Ideen sind inzwischen alle aufgebraucht: mein Verständnis, meine Bereitschaft zum Verzicht, meine Phantasie, meine Geduld. Rede bitte mit mir!"

Lia schaut Max wortlos an. So aufgebracht hat sie ihn noch nie erlebt. Ihre Gefühle und ihre Gedanken sind in letzter Zeit dermaßen kontrovers, dass es sogar für sie selbst unmöglich geworden ist, sie zu verstehen. Selbst jetzt, während Max so wütend und so ratlos vor ihr steht, nimmt sie total unterschiedliche Gefühle in sich wahr. Es tut ihr unglaublich weh, ihn leidend zu sehen und sich dafür verantwortlich zu wissen. Sie fühlt aber noch mehr: ein unerklärliches, kaltes und fremdes Gefühl von Macht.

Wie kann sie ein paar Krümmel auf der Arbeitsplatte in der Küche zum Anlass nehmen, um Max Rücksichtslosigkeit und sogar Respektlosigkeit vorzuwerfen? Warum nutzt sie jede von seinen kleinen Unaufmerksamkeiten als Ventil, um einen Streit zu entfachen?

Sucht sie womöglich eine Rechtfertigung für ihr Interesse gegenüber Philipp und provoziert sie deshalb in ihrer Beziehung mit Max künstlichen Stress?

Lia hat seit einiger Zeit das Gefühl, als ob unmittelbar, nachdem Max und sie die liebevollsten Momente miteinander genossen haben, eine Art „Oberlimit" eingezogen würde. So, als hätte sie ihr „Glücks Budget" aufgebraucht.

Wie „aus dem Nichts" folgen Gefühle wie Ärger, Wut, Unsicherheit, Unzufriedenheit, Ablehnung. Sie zettelt grundlos einen Streit an, als würde sie auf Nummer sicher gehen wollen, um dem Liebesglück ein schnelles Ende zu bereiten.

„Ich liebe dich Max ...", flüstert sie. Das Flüstern ist keine Absicht, aber mehr bekommt sie einfach nicht raus. „... Aber es gibt jemand, der mich sehr reizt und mich verrückt spielen lässt", sprudelt es anschließend aus ihr heraus, als versuche sie die unerträgliche Last endlich loszuwerden.

Es folgt Stille.

„Wovon redest du?", fragt Max nur mit größter Mühe. Er merkt ein Schwindelgefühl, atmet tief aus und ein ... Er beugt sich instinktiv nach vorne und stützt die Hände auf seine Knie.

Wie lange hatte er doch versucht, eine rationale Erklärung für Lias Veränderung zu finden: die anspruchsvolle Arbeit, der Alltagsstress, sogar ihre Tage hatte er für ihre Laune verantwortlich gemacht! Und letztendlich hat allein sein Bauchgefühl Recht behalten. Lias Launen, die belanglosen Streitigkeiten, das Schmollen und die immer wieder abweichende Antwort: „Es ist nichts. Ist schon ok" – all dies bedeutete letztlich wirklich, dass eben nicht alles ok war.

Vom Druck des Geheimnisses endlich befreit, können sich plötzlich auch Lias Gefühle und Tränen zeigen. Schmerz, Enttäuschung über sich selbst, Schuld und Scham gegenüber Max – dies alles überwältigt Lia.

„Er heißt Philipp. Ein Anwaltskollege ... Es tut mir so leid", schafft sie noch zu sagen, bevor ihre Stimme versagt. Erst jetzt merkt sie, dass ihre Hände schmerzen. Sie hat keine Ahnung, wie lange sie die nervös geknetet hat. Ihr Blick fixiert den Boden, denn sie schafft es nicht, Max in die Augen zu sehen. Zwischen Schniefen und Weinen hört sie die Wohnungstür, die ins Schloss fällt.

Max braucht Luft, Distanz und Zeit. Seine schlimmsten Befürchtungen sind eingetreten.

Lia könnte nicht sagen, wie lange sie, in der Ecke des Sofas kauernd, geweint hat. Waren es Minuten oder Stunden ….

Ihre Wangen glühen, die Augen fühlen sich geschwollen an und die Haut um die Nase herum brennt. Ein Haufen zerknüllter Taschentücher zeigt ihr deutlich, dass sie lange und viel geweint hat.

Total ausgelaugt, schafft sie gerade noch die paar Schritte zum Bad. Das Spiegelbild erschreckt sie. Ein fleckiges und angeschwollenes Gesicht mit glasigen, geröteten Augen blickt ihr entgegen.

„Wer bist du?", „Was hast du gemacht?", „Was willst du eigentlich?", – hört sie sich sagen, mit tränenerstickter Stimme.

Mit letzter Kraft geht sie zurück zum Sofa und weint sich in den Schlaf.

Ein viel zu laut eingestellter Fernseher aus der Nachbarschaft reißt sie aus dem Schlaf. Eine Sekunde lang hofft sie, aus einem Traum zu erwachen. Sie kann sich nicht erinnern, wann sie eingeschlafen ist. Es kann aber nicht lange her sein, denn das Kissen ist immer noch durchnässt von ihren Tränen, ihre Augen immer noch angeschwollen.

Lia greift hektisch nach dem Handy. Sie muss jetzt unbedingt mit Max sprechen. Jetzt hat sie die Kraft und ihre Stimme wieder, um ihm alles erklären zu können. Sie liebt ihn. Sie hat ihn nicht betrogen. Und sie will ihn auf keinen Fall verlieren!

Lia wählt seine Nummer. Auf dem Display erscheint ihr Lieblingsbild von Max, mit seinem strahlenden Lächeln, in das sie sich verliebt hatte. ‚Wird angerufen' ….

Ihr Herz rast ... Was soll sie genau sagen? ... Warum?

„Hey, cool dass du anrufst! Freue mich über gute Nachrichten!", ertönt die vertraute Stimme von Max. Es ist aber leider nur seine Mailbox.

„Max ...", mehr schafft sie nicht zu sagen. Die Tränen ersticken schon wieder ihre Stimme. Und überhaupt, wie konnte sie glauben, ihr Verhalten mit einem Anruf wiedergutmachen zu können? Wo ist Max? Wird er jemals wieder mit ihr reden wollen?

Das plötzliche Klirren von Schlüsseln an der Wohnungstür reißt sie aus ihren Gedanken. Max ist wieder da! Endlich!

Lias erster Impuls ist, ihm in die Arme zu laufen, aber dann sieht sie sein Gesicht. Das strahlende, geliebte Lächeln fehlt und seine klaren blauen Augen sind jetzt voller Tränen. Max bleibt stehen und streckt ihr seine Hand entgegen. Wie damals im Club, in der Nacht, als alles begann. Nur diesmal sagt er nicht „Tanz mit mir", sondern mit einem traurigen Lächeln: „Wir müssen reden."

Sie setzen sich auf die große, gemütliche Couch in ihrem Wohnzimmer. Dieselbe Couch, auf der sie so entspannte Abende und Sonntage verbracht hatten. Glücklich, verliebt, eng umschlungen. Jetzt ist alles anders. Lia fühlt sich irgendwie klein und verloren in ihrer Ecke. Das Kissen, das sie fest in ihrem Arm hält, kann ihr nur dürftig dabei helfen, ihre Nervosität im Zaum zu halten. Ihr Herz schlägt bis zum Hals, die Spannung in ihrem Körper ist kaum auszuhalten. Sie hat viel zu lange damit gewartet, Max aufzuklären, hat ihn mit ihrem Verhalten gequält und verletzt.

Sie kann keine Entschuldigung dafür finden. Sie kann ihm nur alle ihre Gedanken und alles, was in ihr vorgeht, offen anvertrauen.

Max sitzt ihr gegenüber und scheint ebenfalls nicht recht zu wissen, wie er mit der emotionalen Kluft zwischen ihnen umgehen soll.

„Was geht in dir vor?", fragt er mit weicher, müder Stimme.

Lia versucht zögerlich ihre Gedanken und ihre Worte zu sammeln. Sie versucht, soweit es ihr überhaupt möglich ist, ihr Verhalten und ihr Gefühlschaos der letzten Monate zu erklären. Damit beginnend, dass sie schon als Kind gelernt hatte, nach Lob und Anerkennung zu streben.

Fehlendes Lob und Aufmerksamkeit bedeutete für sie stets, nicht gut genug und nicht wichtig genug zu sein.

Mittelmaß war eben nicht erwünscht. Nicht in ihrer Familie, nicht im Job und ganz sicher nicht in ihrer Liebesbeziehung. Sie war süchtig nach dem Gefühl, bewundert zu werden. Die Aufmerksamkeit von außen motivierte sie dabei, zu wachsen, immer besser und scheinbar unersetzlich zu werden.

„Früher wusste ich nicht, wer ich war, wenn es mir keiner gesagt hatte", sagt Lia nachdenklich. „Diese Unsicherheit ist tief in mir verborgen, aber offensichtlich immer noch da", führt sie ihre Gedanken weiter aus.

„Die Vertrautheit und Harmonie unserer Beziehung geben mir das Gefühl, mich entspannen zu können und angekommen zu sein. Aber meine Bereitschaft, mit einem anderen zu flirten und dich anzulügen, erweckt bei mir die Frage, ob es nicht doch etwas gibt, was ich in unserer Beziehung vermisse."

Max hört ihr geduldig zu. Wie viel Selbstbeherrschung ihn das wohl kostet? Wie viel Liebe, dass er Lias Monolog zuhören kann, ohne ihr Vorwürfe zu machen … Und erst recht, seinen eigenen Schmerz wahrzunehmen und im Stillen auszuhalten ….

„Was brauchst du gerade, Lia?", fragt Max, als er glaubt, dass alles gesagt ist und er alles Nötige gehört hat, um eine Entscheidung treffen zu können.

„Ein bisschen Zeit", sagt Lia kaum wahrnehmbar.

„Eine Trennung auf Zeit meinst du?"

Max nennt, wie immer, die Sachen beim Namen.

„Trennung?", fragt Lia und spürt die wachrüttelnde Kälte, die sie überfällt. Es fühlte sich so an, als würde ihr Herz aussetzen.

Max scheint verwundert zu sein, dass diese in seinen Augen einzige Option für Lia offensichtlich überraschend erscheint.

„Lia, mein Sonnenschein, ich liebe dich über alles, und nur deswegen versuche ich, die Kraft zu finden und dir die Zeit und den Raum zu lassen, die du brauchst, um dir über deine Gefühle klar werden zu können. Dir jetzt ein Ultimatum zu stellen und dich damit einzuengen, würde dich ganz sicher von mir endgültig entfernen. Weiterhin zusammenzuwohnen und eine offene Beziehung zu führen, ist für mich keine Option. Ich werde nicht in Konkurrenz zu Philipp treten. Ich glaube, es geht dir nicht darum zu sehen, wer von uns mehr um dich buhlt. Vielmehr brauchst du die Zeit, um rauszufinden, was du willst und wer du bist. Ohne, dass es dir jemand sagt."

Und damit war auch schon alles gesagt. Es wurde nicht mehr laut, wie so oft in letzter Zeit. Sie würden sich leise trennen. Sie mussten nun beide weinen. Nicht laut und verzweifelt. Es war vielmehr ein trauriges, leises Weinen, denn beide hatten verstanden, dass sie loslassen mussten.

Sie blieben auf der Couch sitzen, jeder in seiner Ecke. Sie umarmten sich nicht mehr und sie küssten sich nicht mehr. Sie wussten, dass diese Trennung, auch wenn die nur für eine gewisse Zeit gedacht war, klar und sauber sein musste. Sie konnten nicht Freunde bleiben und sich ab und zu sehen.

Die Versuchung war groß zu sagen: „Lass uns alles vergessen. Wir lieben uns. Diese Unsicherheit wird schon irgendwie vorbeigehen."

Doch das wäre nur ein Spiel auf Zeit gewesen. Sie mussten beide herausfinden, wie stark und echt ihre Liebe war.

Max hatte bereits noch in der Nacht online eine voll möblierte Wohnung für ein halbes Jahr gemietet und wollte gleich am Nachmittag einziehen. Sie waren sich einig, dass es leichter wäre, wenn Lia ihm nicht dabei zuschaute, wie er seine Sachen einpackte und auszog.

Sie saßen sich wortlos gegenüber. Die Augen voller Tränen, die Köpfe gedankenleer. Lia fand als erste die Kraft aufzustehen. Im Vorbeigehen berührte sie Max' Schulter und wenig später schloss sie die Wohnungstür hinter sich.

Der perfekte Samstagvormittag bedeutet für Emma, auszuschlafen und ein kleines Frühstück in ihrer Lieblings Espresso-Bar zu genießen. Ein Cornetto, ein Cappuccino und ein frisch gepresster Orangensaft. Dazu eine entspannte Plauderei mit Alessandro, dem Barinhaber.

Ganz anders aber scheint dieser Samstag zu starten.

Belustigt und zugleich etwas beunruhigt, liest Emma zwei neue WhatsApp-Nachrichten, die gleich beim Einschalten ihres iPhones aufploppen.

„Bist du schon wach?", hatte Lia schon vor einer Stunde geschrieben. Und Marie: „Bist du schon wach?", ungefähr um dieselbe Zeit.

„Wo brennt's denn?", fragt Emma die beiden „Frühaufsteherinnen" zurück.

Sekunden später fliegen die Nachrichten nur so hin und her.

„Max zieht aus", schreibt Lia.

„Mega-Streit mit Tom gehabt", kommt gleich anschließend von Marie.

‚Das Gartenfest bei Marie hatte also seine Folgen …', denkt Emma und schreibt noch an jede der Freundinnen: „Komm vorbei. Es gibt Frühstück."

Emma verzichtet bewusst darauf, Lia und Marie darüber aufzuklären, dass sie alle drei sich gleich treffen werden.

Mit Alessandros Hilfe zaubert Emma innerhalb kürzester Zeit das perfekte Brunch mit italienischem Flair: eine volle Kanne frisch gepressten Orangensaft, Kaffee, Cornetto für alle, fein gefüllte Tramezzini, Antipasti und in Butter geschwenkte Trüffel-Ravioli.

„Diese Delikatessen wirken sogar bei Liebeskummer Wunder", meint Alessandro, den Emma über den Anlass dieses spontanen Brunches eingeweiht hatte.

Wenig später treffen Lia und Marie fast zeitgleich bei Emma ein. Emma verkneift sich den Kommentar, als beide die Sonnenbrillen abnehmen und die roten, angeschwollenen Augen nichts Gutes verheißen.

Die freudige Überraschung, sich unerwartet zu dritt zu treffen, und Emmas tolles Frühstück bringen die beiden Freundinnen zumindest für einen kurzen Moment in bessere Stimmung. Und dann holt Emma auch noch ihre Geheimwaffe aus dem Kühlschrank: eine Flasche eisgekühlten Champagner.

„Mädels … Champagner geht immer! Wenn du Erfolg hast und feiern willst, verdienst du ihn, nach Niederlagen und Enttäuschungen brauchst du ihn", sagt sie und öffnet gekonnt die Flasche.

Doch die kurze Euphorie verpufft gleich wieder, zu traurig und ernst sind für beide, Lia und Marie, die Ereignisse der letzten Stunden.

Tapfer, wie so oft, versucht Lia ihren großen Schmerz wegzulächeln. Sie sorgt sich vielmehr im Moment um Marie. Auch wenn sie nicht darüber offen sprechen wollte, die deutlichen Signale, dass ihr Glück in Gefahr war, hatten sich letztendlich bestätigt.

„Es scheint, als wären wir beide vom Kurs abgekommen", sagt Lia und schaut dabei Marie an. „Was mich betrifft, es war nur eine Frage der Zeit, bis ich endlich mit Max reden und ihm mein Dilemma beichten musste. Und vielleicht habe ich so lange damit gewartet, weil ich dieses grauenvolles Ende befürchtet habe."

Lia versucht jetzt gar nicht mehr, ihre Tränen zu verstecken.

Viel zu lange hatte sie, den Regeln ihrer Erziehung gemäß, ihre kindlichen, verletzen Gefühle nicht bewusst wahrgenommen, nicht wahrnehmen wollen. Diese Gefühle wollen jetzt aber nicht länger unterdrückt werden, sie drängen ans Licht. Diese Gefühle geben sich auch nicht mehr damit zufrieden, dass Lia abends lieber ein Glas Wein trinkt anstatt sich mit den Ereignissen des Tages zu beschäftigen, mit ihrer Unzufriedenheit, dass sie zum Beispiel wieder einmal viel zu viele Zugeständnisse gemacht hatte.

Wann war Lia wirklich sie selbst? Was brauchte es dazu, dass sie das sein konnte? Es hatte keinen Sinn mehr, den Deckel über etwas halten zu wollen, das sich ohnehin nicht mehr zurückdrängen ließ und sich Raum verschaffen wollte. Es waren die Verwundungen ihrer Vergangenheit, die Lia ihr ganzes Leben lang immer im Weg standen, um glücklich sein zu können. Das begreift sie nun mit seltener Klarheit.

Lia will und muss für sich selbst klären, wer sie ist und was sie wirklich braucht, um glücklich zu sein. Sie vermutet: Anerkennung, Aufmerksamkeit, aber auch Abenteuer und Nervenkitzel, oder sind es doch eher Vertrauen, Beständigkeit, Liebe – und Max?

Emma setzt sich dicht neben sie, legt ihr den Arm um die Schulter und rechnet damit, dass Lia diese Nähe zurückweist. Sie hat schon immer lieber Distanz bewahrt. Zu den Dingen, zu Menschen, zu ihren Emotionen. Diesmal tut sie es nicht.

„Wir versuchen doch alle, über irgendwas hinwegzukommen", sagt Emma tröstend. „Verletzte Gefühle, unsere letzte Beziehung, Fehlentscheidungen … Jeder hat einen wunden Punkt, den er oft mit Ironie oder Zynismus überdeckt."

„Ganz richtig", nuschelt Marie. „Man kann sich für eine ganze Weile alles schön deuten."

„Wovon redest du, Miss Happy?", antwortet Emma gespielt schnippisch. „Hattest du einen leidenschaftlichen Streit mit Tom, der nachher von noch leidenschaftlicherer Versöhnungssex gefolgt wird? Und DAS macht dir Sorgen?"

Emma will bewusst ein wenig provozieren. Die Bereitschaft, endlich offen über alles zu reden, die muss schon von Marie selbst kommen.

Marie versucht zu lächeln. Ihre Augen bleiben traurig.

„Ich war am Anfang unserer Beziehung so stark und selbstsicher!", fängt sie an zu erzählen. „Ich dachte, ich wüsste ganz genau, wie ich mein Leben leben möchte ... Inzwischen befürchte ich, mich verrannt zu haben, einem Traum hinterher gejagt zu haben, der nicht einmal wirklich mein Traum ist ... Ich war überzeugt, in Tom einen Seelenverwandten gefunden zu haben, der so denkt und fühlt wie ich ...."

Lia und Emma wechseln vielsagende Blicke. Sie wollen Marie nicht unterbrechen.

„Als Teenager dachte ich immer", fährt Marie weiter fort, „ab 30 ist man erwachsen und dann hat man alles im Griff ... Jetzt aber, stehe ich da und kann nicht glauben, was ich mir selbst eingebrockt habe!"

„Marie, was meinst du damit?", traut sich Emma zu fragen.

„Am Anfang sah Tom in mir die Frau seines Lebens. Inzwischen habe ich das Gefühl, ich bin sein Mädchen für alles. Aber das ist nicht einmal seine Schuld! Ich fühle mich bedürftig und davon abhängig, dass mich Tom stützt und trägt und mir seine Aufmerksamkeit schenkt. Ich glaube, du hattest Recht, Emma. Es war ein Fehler zu glauben, dass ich nichts anders brauche, um glücklich zu sein, als mein Haus, mein Kind und Tom", gesteht Marie mühsam ein und fährt fort: „Es gibt Momente, wo ich mir selbst zurufe: du lebst! Mach doch was draus!"

Das waren ganz neue Töne, die bei Marie zum Klingen kamen. Marie, die zarte Fee, die das Glas immer halbvoll sah, war jetzt wütend und enttäuscht von sich selbst, vom Leben und vielleicht ein kleines bisschen sogar auch von Tom.

Über viele Stunden lang, inclusive einer späteren Pizzalieferung, gingen die Mädels gemeinsam durch ein Wechselbad der Gefühle – Lachen, Weinen, Euphorie, Verzweiflung, Wut, Dankbarkeit, Hoffnung und Resignation, alles an Emotionen war dabei. In einem Punkt waren sie sich allerdings einig: Liebe war nicht nur schön. Liebe war auch Schmerz, sie erforderte Mut und die Bereitschaft zur Veränderung und Wachstum.

Marie ist nach diesem Tag fest entschlossen, über ihre wahren, tiefsten Sehnsüchte nachzudenken, sie zu entdecken und vielleicht auch erstmals zu spüren.

Sie hat nun erkannt, dass immer lieb und genügsam zu sein eben nicht der richtige Weg ist, um eine harmonische und erfüllte Liebesbeziehung zu leben.

Mit ihrem Liebsein hatte sie Tom stets von sich überzeugen wollen. Das war absolut nichts Verwerfliches. Problematisch wurde es nur, wenn sie auch dann die Liebe spielte, wenn ihr nicht danach war, wenn sie ihre eigenen Wünsche nicht äußerte, weil sie den Schein der ständigen Harmonie wahren wollte.

Sie erkannte nun allmählich, dass sie so oft nicht ausgesprochen hatte, was sie wirklich bewegte. Stattdessen schmollte sie vorwurfsvoll, so trieb sie wohl unbewusst Tom dazu, sich immer mehr von ihr zu distanzieren. Und je distanzierter er wurde, desto mehr verschloss sie sich.

Lias Gefühle waren nach den intensiven Gesprächen mit den Mädels immer noch chaotisch. Die Taxifahrt nach Hause reichte nicht aus, um ihre Gedanken zu ordnen, und so entschied sie sich, noch eine Weile durch die Straßen der Innenstadt zu schlendern.

Es kam ihr vor, als würden alle anderen hektisch an ihr vorbeirennen. Sie aber hatte Zeit, jede Zeit der Welt. Schließlich wartete niemand auf sie zu Hause. Wie gerne hätte sie einen Grund gehabt, sich beeilen zu müssen.

Es wurde langsam dunkel und die laue Sommerluft fing an, sich abzukühlen. Die Straßen wurden immer leerer. Nur die vollbesetzten Tische vor den Restaurants boten den Beweis dafür, dass das Leben weiterging.

Lia stieg mühsam die Treppen zu ihrer Wohnung hinauf.

Die kühle Luft im Treppenhaus und das vertraute Quietschen der alten Holztreppe steigerten aber diesmal nicht die Vorfreude auf den Abend zu Hause. Hinter der Wohnungstür herrschte Stille. Lia spürte den Knoten in ihrem Hals und die Tränen, die ihr in den Augen stiegen. Ihr Herz drohte zu explodieren, ihre Hände waren eiskalt.

Vorsichtig öffnete sie die Tür und betrat dann ihre Wohnung. Der erste Blick fiel auf die Kommode im Flur und auf Max' Wohnungsschlüssel. Ein kleines, kaltes Stück Stahl, das ihr einen Stich direkt ins Herz versetzte.

Wie von einem unsichtbaren Faden geleitet, zog es sie von Raum zu Raum. Nichts, absolut nichts erinnerte mehr an Max. Lia konnte es nicht glauben. War es zu naiv gedacht, anzunehmen, dass Max nur mit einer Reisetasche, für eine kurze Weile ausziehen würde? Dass er das meiste in der Wohnung lassen würde?

Lia musste sich hinsetzen … Vielmehr ließ sie sich auf die Couch fallen, denn ihre Beine versagten ihr den Dienst. Das war keine Trennung auf Zeit! Das war endgültig! Das wollte sie nicht!

Mit einem Funken Hoffnung durchsucht sie alle Schubladen, alle Regale, den Wäschekorb, den Keller …. Nichts. Es war nichts mehr da. Max war endgültig weg.

Wortlos, spurlos.

Die folgenden Wochen waren für Lia grauenvoll. Eigentlich hätte sie ihre neue Freiheit genießen können, doch es stellten sich so viele Fragen. Was wollte sie? Wollte sie überhaupt höher, schneller, weiter? Fühlte sie sich wirklich so geschmeichelt von Philipps Annäherungsversuchen? Jetzt, wo es nicht mehr verboten war, ihn zu treffen, war es irgendwie auch nicht mehr wirklich aufregend, sie empfand eher eine große Gleichgültigkeit.

Sie erwachte jeden Morgen mit dem Gedanken an Max. Sie lief in die Kanzlei und zwang sich, fröhlich zu lächeln. Sie ignorierte die meisten Nachrichten und Anrufe von Philipp, sie ging zum Sport, sie lief wieder nach Hause.

Es fiel ihr schwer, die Stille und die Einsamkeit ihrer Wohnung zu ertragen. Sie betrachtete ihre traurigen Augen im Spiegel, während sie sich die Zähne putzte. Früher sind Max und sie fast jeden Abend zusammen im Bad gestanden. Sie brauchte immer mehr Zeit: das Abschminken, das Eincremen … Jeden Abend hatte Max ein Glas frisches Wasser auf ihren Nachttisch gestellt und schon einmal ihre Seite des Bettes und ihre Decke angewärmt. Dann war sie glücklich in seinen Armen eingeschlafen.

Jetzt, alleine im Bett, schaffte sie es nur schwer, zur Ruhe zu kommen. „Lass los", versuchte sie sich dabei immer wieder zu sagen. „Morgen ist ein neuer Tag. Morgen wird's besser."

Ein Donnerstag Abend, After-Work-Party in einer der gerade angesagtesten Bars in der Münchner Innenstadt. Immer dasselbe Publikum: attraktive, selbstbewusste und vermutlich erfolgreiche Frauen, die sich über ihren Büroalltag, ihren letzten Flirt und vielleicht über den Ärger mit dem aktuellen Partner austauschen. Und attraktive, selbstbewusste und vermutlich erfolgreiche Anzugträger, die sich über ihre Erfolge, ihre Karrierepläne und vielleicht über die neuesten Sportwagen-Modelle unterhalten.

An einem kleinen Tisch, etwas abseits, sitzen Lia und Emma. Es ist der erste Abend nach der Trennung, den Lia nicht alleine zu Hause verbringt. Emma musste viel Überzeugungsarbeit leisten, aber letztendlich sah es Lia ein, dass es sinnlos war, ewig immer nur die gleichen Gedanken zu wälzen.

„Bist du glücklich?", fragt Lia ohne Umschweife.

Emma schaut auf, klappt die Cocktailkarte zu und gibt dem Kellner, der gerade vorbeiläuft, ein dezentes Zeichen: „Für mich ein Negroni bitte", bestellt sie freundlich lächelnd.

„Gute Idee! Das hätte ich gerne auch", schließt sich Lia an und verzichtet auf den Blick in die Karte.

„Ehrlicherweise", fängt Emma nachdenklich an, „habe ich mir die Frage noch nie bewusst gestellt. Also … Ich habe Erfolg … Ich habe liebe Freunde … Ich fühle mich frei … Ja, ich mag mein Leben", stellt sie schließlich fest.

„Hmmm … ist das schon alles, worum es geht?", fragt Lia nach. „Ich träume davon, in einem Meer von Glück zu schwimmen. Und zwar so, dass nur noch ein paar Luftbläschen zu sehen sind."

„Verlockendes Bild …, und weil für jeden das Glück was anderes bedeutet, führen viele Wege zum Ziel."

„Und was ist, wenn mir gar nicht klar ist, was Glück für mich überhaupt bedeutet? Ich musste als Kind immer so oder so sein, auf keinen Fall anders. Irgendwann wusste ich gar nicht mehr, wer oder wie ich tatsächlich war und was ich mir wirklich vom Leben wünschte. Das hat mir ganz sicher diese Katastrophe beschert … ich – habe – es – fertiggebracht – Max – aufzugeben", sagt Lia kopfschüttelnd und betont dabei jedes einzelne Wort. „Ich habe ihn regelrecht verjagt! Ausgerechnet ihn, den Ruhepol in mein Leben."

Hinter Lias zaghafter Stimme lassen sich ihre Tränen erahnen. „Liebes, ganz ehrlich …, wenn du dir jetzt schon sicher bist, dass du die falsche Entscheidung getroffen hast, warum redest du nicht mit Max? Eure Trennung muss nicht endgültig bleiben", antwortet Emma nachdrücklich.

‚Das ist eben die große Frage', denkt Lia, während sie an ihrem Cocktail nippt. ‚Wird mir Max jemals wieder vertrauen können?'

„Ich glaube, zuerst muss ich mir darüber klar werden, was mich zu dieser ständigen Jagd nach Anerkennung und Bestätigung treibt. Was steckt da eigentlich dahinter?", antwortet Lia nun mit wieder sicherer Stimme.

„Mit dieser Frage stehst du nicht alleine da. Ich war, in den Augen meiner Eltern, schon immer zu laut, zu wild, zu eigensinnig. Irgendwie war ich bis heute entweder ‚zu' oder ‚nicht genug'", antwortet Emma und rollt dabei mit den Augen.

„Weißt du, ich beobachte das immer wieder auch bei meinen Klienten – wir holen uns im Leben nicht das, was wir wirklich brauchen, sondern wir setzen auf Dinge, die das darstellen, was wir sein möchten. So nach dem Motto: Was sagt mein Porsche über mich aus? Oder mein Kleiderschrank? Oder die Männer, die kommen und nicht bleiben?", meint Emma.

„Ganz klar", sagt Lia lächelnd, „du hast Pfeffer im Arsch, du hast Stil, aber bei der Wahl deiner Männer bin ich mir nicht sicher. Was treibt dich da an? Purer Spaß am Leben? Was lässt sie kommen und gehen? Deine hohen Ansprüche? Oder dein gebrochenes Herz, das nicht vertrauen kann?"

„Wahrscheinlich all das und noch viel mehr!", sagt Emma schmunzelnd und trinkt ihren Cocktail aus.

„Hast du dich schon mal gefragt, warum Frauen so darauf versessen sind, in einer Beziehung zu leben? Ich meine, müssen wir heutzutage immer noch wirklich befürchten, es hätte was zu bedeuten, wenn wir Single bleiben?", wirft Emma ein neues Thema in den Raum. Beide suchen mit ihren Blicken den gutaussehenden Kellner, um Nachschub zu bestellen.

„Gut möglich", antwortet Lia. „Keine Frau will als ‚mangelhaft' abgestempelt werden. Es könnte aber auch bloß eine nicht rationale Furcht sein, alleine bleiben zu müssen. Vielleicht ist es sogar genetisch in uns so programmiert, dass wir uns bessere Überlebenschancen ausrechnen, wenn wir einen ‚Beschützer' an unserer Seite haben. Abgesehen davon, es ist doch gar nicht so lange her, dass die wichtigste Lebensaufgabe der Frau war, zu heiraten und Mutter zu sein."

„Vielleicht wollen manche Frauen aber einfach nicht diesem Schema entsprechen und die Rolle der Hausfrau und Mutter übergestülpt bekommen. Vielleicht müssen sie einfach frei laufen, bis sie einen Mann finden, der mithalten kann", meint Emma selbstbewusst.

„Fakt ist", führt sie ihren Gedanken weiter, „viele Frauen misstrauen den Männern. Dabei geht es oft gar nicht um eine persönliche Enttäuschung. Jede Frau hat eine Freundin, eine Arbeitskollegin oder eine Nachbarin, die die unglaublichsten, schmerzhaftesten oder schrägsten Erfahrungen berichten kann. Bei manchen stammen diese Geschichten unglücklicherweise sogar von der eigenen Mutter."

„Da hast du absolut recht", bestätigt sie Lia. „Und dieses Misstrauen macht uns so unentspannt, dass wir uns oft selbst im Weg stehen. Apropos …, da wir über Misstrauen reden … Magst du mir deine Geschichte mit Toby erzählen?", fragt sie vorsichtig.

Emma lächelt, und nachdem sie kurz darüber nachzudenken scheint, nickt sie zustimmend. „… Ich mache es aber ganz kurz", meint sie nur.

Lia achtet ganz genau auf Emma, ihre Hände, ihre Mimik … Sie scheint entspannt zu sein.

„Wie kam es zu eurer Trennung?", fragt Lia schließlich.

„Wir hatten eine schöne Beziehung, dachte ich … Haben zusammen gewohnt, Zukunftspläne geschmiedet, doch dann wurde ich unerwartet auf brutale Weise wachgerüttelt"… Emma überlegt kurz, sie scheint ihre Gedanken zu sammeln und, mit einer leichten Ironie in der Stimme, erzählt sie weiter.

„Er war oft geschäftlich verreist und ich fand es total lieb, dass er darauf bestand, jeden Abend, vor dem Geschäftsessen oder vor dem Schlafengehen, mit mir zu telefonieren. Ich habe die Tatsache, dass ich dabei immer auf seinen Anruf warten sollte, nicht hinterfragt. Er hatte schließlich seine Termine, seine Verpflichtungen. Ich kannte das allzu gut aus meinem Arbeitsalltag."

Lia nimmt in Emmas Stimme dann doch einen Hauch an Unsicherheit wahr. Sie kennt aber ihre Freundin nur zu gut und weiß, dass sie selbst entscheiden wird, wie weit sie gehen will in ihrer Erzählung.

„Ein paar Tage vor meinem Geburtstag war er erneut unterwegs. Wir telefonierten, wie üblich, und er überraschte mich mit dem Vorschlag, einen Geburtstagsausflug in mein Lieblings-Wellness-Hotel zu machen. Ich war begeistert und sehr dankbar, dass uns ein paar entspannende, liebevolle Tage bevorstanden."

Emma unterbricht kurz ihre Erzählung und ihr Blick schweift ziellos durch den Raum. „Ich war dermaßen euphorisch und wollte unbedingt ein schönes Zimmer für uns aussuchen", fährt sie fort. „Deswegen habe ich unser Hotel kontaktiert und ein tolles Zimmer reserviert. Diese gute Nachricht wollte ich meinem Liebsten nicht vorenthalten und habe ihn ausnahmsweise zurückgerufen.

Sein Handy war schon ausgeschaltet und eine Nachricht zu hinterlassen war mir zu wenig. Also habe ich sein Hotel angerufen und mich mit seinem Zimmer verbinden lassen. Es hat eine Weile gedauert, bis sich eine freundliche, gut gelaunte Frauenstimme meldete."

Lias Körper zuckt erschrocken, ihre Augen fühlen sich spontan mit Tränen und kein Wort will ihr über die Lippen kommen. Instinktiv greift sie mitfühlend nach Emmas Hand.

„Liebes …, ist es wirklich ok für dich, darüber zu reden?", fragt sie vorsichtig nach.

Emma scheint gefasst zu sein. Ihre Tränen, die Enttäuschung, ihre Wut hat sie schon lange hinter sich gelassen. Sie lächelt nur und nickt.

„Ich kann nicht sagen, wie lange ich schweigend der Stimme zuhörte, die immer ungeduldiger nachfragte, wer in der Leitung sei. Eine ganze Menge Erklärungsversuche und Fragen schossen mir durch den Kopf: ‚Falsch verbunden?', … ‚Wer war sie?', … ‚Er betrügt mich!', … ‚Nein, das würde er nicht tun!', … ‚Und wenn doch?', … Schließlich fand ich die Kraft, nach Toby zu fragen. Leicht irritiert sagte sie, dass ihr Freund Toby unter der Dusche sei und ob sie ihm was ausrichten könne."

Emma schafft es endlich, die Blicke des Kellners zu treffen und sie bestellt gleich nach. Diesmal nur etwas Wasser und eine gemischte Vorspeisenplatte für zwei.

Ihre Wangen glühen, aber ihre Stimme bleibt gelassen, und sie erzählt mit einer gewissen Genugtuung weiter.

„Die Bilder unserer Beziehung schossen mir nur so durch den Kopf und ich wusste: Es ist vorbei. Unerklärlicherweise dachte ich eher daran, wie sehr ich die geheimnisvolle Unbekannte wohl mit meiner Antwort enttäuschen würde. Ich bat sie darum, ihm auszurichten, dass seine Freundin aus München um Rückruf bittet.

‚Ich verstehe nicht ganz‘, hörte ich sie noch sagen.

‚Toby wird sie aufklären‘, fand ich noch die Kraft zu sagen und legte auf.

Danach war ich nicht traurig, nicht wütend, ich fühlte nichts. Ich ahnte, welche Stimmungen folgen würden, aber in dem Moment fühlte ich nichts“, erinnert sich Emma.

Lia sitzt ihr fassungslos gegenüber, hält immer noch Emmas Hand und lässt sie entscheiden, ob sie noch weiter darüber reden mag.

„Ich habe ihn nie wieder gesehen und nie wieder gesprochen. Der Mensch, dem ich vertraut habe, mit dem ich von einer gemeinsamen Zukunft geträumt habe, war plötzlich nicht mehr Teil meines Lebens. Inzwischen weiß ich, es war das ziemlich Destruktivste, was ich tun konnte. Ich habe den radikalen Weg gewählt, um seine toxische Aura von mir fern zu halten. Noch in der Nacht haben Marie und Tom mir dabei geholfen, meine Sachen zu packen und mir erlaubt, mich in ihrem Haus zu verkriechen. Die Möbel, die sonstige Einrichtung, waren mir total egal. Ich wollte nichts in meiner Nähe haben, was mir an ihn erinnern würde.

Marie hielt anfangs alles von mir fern: meine Arbeit, Tobys Anrufe. Nicht mal das hätte ich selbst geschafft.

Ich war tagelang absolut konfus und hatte das Gefühl, mal Trost, mal Alkohol und manchmal einfach nur Distanz zu brauchen.“

Einige Minuten vergingen, ohne dass jemand etwas sagte. Manchmal bedarf es keiner Worte, um Mitgefühl, Trost, Entsetzen oder Ratlosigkeit auszudrücken.

„Hast du jemals das Bedürfnis gespürt, mit ihm zu reden? Seine Erklärung zu hören?“, schaffte es Lia, irgendwann zu fragen.

„Ich konnte es einfach nicht verstehen, warum er sich dafür entschieden hat, mich zu hintergehen. Mit Sex hat er mich betrogen, aber durch das Lügen hat er mich verraten. Er hat ein falsches Spiel gespielt. Nichts hätte sein Verhalten rechtfertigen oder entschuldigen können."

„Was fühlst du, wenn du über ihn redest?"

„Es ist gar nicht lange her, da habe ich endlich die Kraft gefunden, ihm zu vergeben. Ich schaue jetzt nach vorne. Das Kapitel gehört zu meinem Leben, das habe ich jetzt akzeptiert. Es berührt mich aber nicht mehr so wie vor einiger Zeit. Es wurde mir irgendwann klar, dass es für mich nur weiter gehen kann, wenn ich damit abschließe. Ich glaube, dass er es einfach nicht besser wusste, es nicht besser konnte oder wollte. Es ging dabei jedenfalls nicht um mich."

„Diese Runde würde gerne der Herr an der Bar ausgeben. Wenn ihr damit einverstanden seid …?", teilt der charmante Kellner den Frauen dezent mit, während er Emmas Nachbestellung auf den Tisch stellt.

Emmas neugieriger Blick durchquert den Raum. Ein leichtes Nicken und ein Lächeln verraten ihre Entscheidung.

„Sehr gerne. Vielen Dank", antwortet Emma und lächelt den Unbekannten am anderen Ende des Raumes freundlich und ermutigend an.

Lia beobachtet amüsiert Emmas augenblickliche Verwandlung. Plötzlich gerader Rücken, die Hand überprüft die perfekt gestylten Haare, der Blick ist wach und schon setzt sie ihr schönstes Lächeln auf.

„Das Leben ist jedenfalls wundervoll! Es gibt Augenblicke, da möchte man sterben. Aber dann geschieht etwas Neues, und man glaubt, man sei im Himmel", schafft es Emma gerade noch zu sagen, bevor der attraktive Unbekannte neben ihrem Tisch steht und die beiden Freundinnen höflich begrüßt.

„Ich freue mich sehr, dass ihr meine Einladung angenommen habt. Ich bin David", sagt er und sein Blick trifft direkt Emmas Augen.

David scheint die Kunst des Smalltalks perfekt zu beherrschen. Und obwohl sein Interesse offensichtlich Emma gilt, schafft er es, beiden Freundinnen das Gefühl zu geben, wichtig zu sein und geschätzt zu werden.

„Ich mag ihn", sagt Emma etwas später auf der Toilette, während sie ihr makelloses Make-up überprüft.

„Ich glaube, du hast ihn wirklich verzaubert", zwinkert ihr Lia zu.

„Merkwürdig …, normalerweise würde ich versuchen, die Nacht mit ihm zu verbringen, ohne einen Gedanken daran zu verschwenden, was er über mich denken könnte. Aber heute möchte ich lieber mehr über ihn erfahren, und ich möchte ihm auch was über mich erzählen", sagt Emma und betrachtet dabei zum wiederholten Mal ihr Spiegelbild.

‚Vielleicht die Chance eines Neuanfangs', sagt sich Lia und meint schließlich zu Emma: „Mach mal was anderes als sonst und lass dich überraschen." Sie schmunzelt und kneift Emma in die Hüfte.

„Der ist einer für den Weinkeller. Der wird vielleicht noch gut", antwortet Emma und versucht plötzlich, aus irgendeinem Grund distanziert zu wirken.

„Liebes, dieser Spruch gehört zu deinem Vamp-Image. Das war gut für deinen unverbindlichen Spaß. Du willst inzwischen aber mehr, so dachte ich es zumindest", setzt Lia vorsichtig nach.

„Ja, du hast Recht. Ich habe mich lange hinter meiner Vorsicht und Unabhängigkeit versteckt. Vielleicht ist das heute DER Abend, um etwas Neues zuzulassen und dem Rausch des Anfangs zu vertrauen", antwortet Emma betont theatralisch.

Sie wusste bereits, dass sie die Männer beliebig austauschen, sie als durchlaufenden Posten betrachten konnte. Doch was bei jeder Begegnung konstant bleiben würde: sie selbst.

Und genau da will sie jetzt ansetzen: Sie will fair, offen und aufrichtig sein.

Später am Abend teilen sich die beiden Freundinnen ein Taxi.

„Noch vor ein paar Wochen hätte ich garantiert das Taxi nach Hause mit David geteilt", sagt Emma kichernd.

„Noch vor ein paar Wochen, hätte ich mich während der Taxifahrt auf Max gefreut und darauf, mit ihm auf der Couch zu kuscheln", antwortet Lia seufzend.

„Liebes, willst du, dass ich kurz mit hochkomme?", fragt Emma. Sie hat plötzlich ein schlechtes Gewissen. Sie hatte Lia zu einem Mädelsabend überredet und dann endete es unverhofft mit einem persönlichen Flirt-Erfolg für sie selbst.

„Nein, nein", entgegnet Lia. „Es war ein toller Abend und ich merke, es hat sehr gut getan, einmal nicht in Selbstmitleid und Selbstzweifel zu versinken. Und David war daran wesentlich beteiligt", ergänzt sie und schaut Emma vielsagend an.

„War es für dich wirklich ok? Ich ... glaube nämlich ...", versucht Emma sich zu erklären.

„Emma, ihr habt mich alle grandios durch die letzten Wochen getragen.

Du hast mir, wenn ich die Zeit zusammenzähle, tagelang zugehört und mich getröstet.

Paul war die ersten zwei Wochen praktisch mein Mitbewohner. Er hat mich jeden Morgen mit einem Kaffee abgeholt und in die Arbeit begleitet. Abends, um sicher zu gehen, dass ich genug esse, bestand er oft darauf, für mich zu kochen.

Selbst Marie hat sich fast täglich gemeldet und mich einmal mit einem selbstgebackenen Kuchen überrascht, obwohl sie selbst gerade Trost und Rat brauchte," erklärt Lia voller Anerkennung und Dankbarkeit.

„Ja, Tom und sie streiten wohl sehr viel in letzter Zeit", bestätigt Emma.

„So hat es auch bei Max und mir angefangen. Ich habe wohl wegen meiner eigenen ungelösten Probleme so lange rumgenörgelt und geschmollt, bis Max keine Geduld und kein Verständnis mehr aufbringen konnte. Er hat sich auf der Anklagebank gesehen und die Konsequenzen gezogen. Ich denke, Marie nimmt deutlich wahr, dass für sie etwas nicht stimmig ist, es ist ihr aber offensichtlich noch nicht bewusst, worum es dabei geht."

„Mir gefällt es gar nicht, euch beide so bedrückt zu sehen", sagt Emma mit trauriger Stimme. „Wir sollten das alles, dieses ganze Gewirr aus Trauer, Ängsten, Verlust und Ungewissheit für eine Weile hinter uns lassen, wir sollten den Kopf wieder frei kriegen … Ich hab's!", rief sie plötzlich begeistert aus.

„Lass uns beide doch morgen nur bis Mittag arbeiten und dann, fürs Wochenende in die Berge fahren. Lass uns diese tollen Spätherbst-Tage genießen! Es muss jetzt herrlich sein in den Bergen! Die Ruhe, die frische Luft, die leuchtenden Farben – und Zeit nur für uns. Wir fahren in ein perfektes Wellnesshotel. Das wird herrlich! Marie kann einen Tapetenwechsel auch gut vertragen und ihre Eltern nehmen doch ohnehin so gern den kleinen Jakob zu sich … Ich kümmere mich um alles!"

So viel Begeisterung und Emmas unschlagbaren Argumenten vermochte Lia nichts entgegenzuhalten. Und so nahm der Abend noch unerwartet eine vielversprechende, positive Wendung.

‚Manchmal liegt das Glück doch näher als man glaubt‘, denkt Lia schmunzelnd und zum ersten Mal seit Wochen geht sie irgendwie fröhlicher nach Hause.

Freitagnachmittag, das Land in goldenes Herbstlicht getaucht, und eine knapp zweistündige Autofahrt ins Glück.

Emma und Lia steht die Vorfreude ins Gesicht geschrieben. Mit gepackten Taschen warten sie darauf, von Marie abgeholt zu werden. Man hat sich schnell darauf geeinigt, dass nur Maries Familienauto genug Platz und Komfort für die gemeinsame Fahrt bieten würde.

Auf Marie ist wie immer Verlass. Pünktlich ist sie da, aber mit roten, völlig verweinten Augen. Sie wartet blinkend in der zweiten Reihe, bis die Mädels die Taschen eingeladen haben, um losfahren zu können.

„Magst du uns sagen, was los ist?", fragt Emma nach einigen Minuten Fahrt. Es sieht nämlich nicht so aus, als würde Marie freiwillig zu reden beginnen.

„Tom hat es fertig gebracht, meinen Geburtstag zu vergessen!", sprudelt es schließlich aus Marie heraus.

‚Nein, sie überreagiert ganz sicher … Die Zeichen sind schon länger da … Es muss das verflixte siebte Jahr sein!', so die ersten Gedanken der Freundinnen, die aber gleich versuchen, Marie ihre Enttäuschung auszureden. Doch Marie entkräftet prompt und völlig aufgebracht jeden möglichen Einwand. Das Ganze sei kein Missverständnis, das wolle sie ein für alle Mal klarstellen.

Während der restlichen Fahrt wird dann nichts mehr geredet, die Stille im Auto wird größtenteils nur vom Radioprogramm unterbrochen. Die Freundinnen sind ratlos, doch sie wollen Marie keinesfalls noch mehr aufwühlen und so vielleicht auch noch vom Fahren ablenken.

„Und du bist sicher, dass Tom keine Überraschung für dich vorbereitet hat?", startet Emma einen letzten Versuch. „Das war auch mein erster Gedanke, als Tom mich heute früh fragte, ob nächstes Wochenende was anstünde", erwidert Marie. „Ich dachte noch: ‚Wie gut, dass ich Jakob jederzeit zu meinen Eltern bringen darf. Endlich ein romantisches Wochenende zu zweit!'" Unverkennbar zeigt sich wieder einmal ihre Sehnsucht nach mehr Nähe in der Beziehung. „Aber nein", fährt sie fort, „das war nicht seine Absicht. Er schmatzte mir einen Kuss auf die Wange und teilte mir im Vorbeigehen mit, dass er nächstes Wochenende mit den Jungs eine Mountainbike-Tour vorhabe."

Maries Stimme überschlägt sich förmlich vor Enttäuschung und Wut.

„Ok, lass uns bitte nicht gleich das Schlimmste annehmen und den Teufel an die Wand malen! Es kann doch wirklich sein, dass er ganz banal überarbeitet ist und gar nicht weiß, welchen Wochentag wir gerade haben, und schon garnicht, etwas von der Bedeutung des nächsten Wochenendes ahnt", versucht auch Lia ihr Glück, um etwas Sachlichkeit in die Debatte zu bringen.

„Und das soll mich vielleicht trösten und beruhigen?", fragt Marie achselzuckend.

„Das könnte dir vielleicht die Sorge nehmen, dass er mit Absicht so abweisend und abwesend ist", entgegnet Lia.

Hätte Marie ihren Freundinnen nicht so sehr vertraut, hätte sie wohl bei dieser Bemerkung ungläubig zu lachen angefangen. Aber vielleicht war ja an dem Gedanken wirklich was dran. Was, wenn Tom buchstäblich im Hier und Jetzt lebte, von Aufgabe zu Aufgabe? ... Ihr selbst war es doch auch schon passiert, dass sie aus allen Wolken gefallen war, wenn sie in ihrem Kalender längst vergessene, aber wichtige Termine gerade noch rechtzeitig entdeckte. Und warum wollte sie lieber schmollen und gekränkt sein, anstatt zu ihren Wünschen zu stehen und die auch ganz offen zu kommunizieren?

Die Dinge einmal aus einer anderen Perspektive zu betrachten, konnte der Situation etwas von ihrer Schwere nehmen. Das zu begreifen, war nicht einfach, doch eigentlich ganz schlüssig. ,Tom wäre sicherlich dazu bereit, auf meine Herzenswünsche einzugehen. Wenn er nur davon wüsste …‘, schießt es Marie durch den Kopf, und es ist das erste Mal an diesem Tag, dass ein Lächeln auf ihrem Gesicht erscheint.

Endlich im Hotel angekommen, genießen die drei erst einmal ihren Welcome-Drink. Eine gewisse Leichtigkeit der Stimmung stellt sich ein.

Es ist bereits dunkel und schon zu spät, um sich vor dem Abendessen noch etwas Besonderes vorzunehmen. Die gemütliche Hotel Lounge lädt zum Verweilen ein. Das gedimmte Licht, die lauschigen Sitzecken und das flackernde Kaminfeuer tun ihr übriges, um ein entspanntes Ambiente zu schaffen. Perfekte Drinks und unaufdringliche Musik verheißen einen wunderbaren Abend zu dritt.

„Es war eine grandiose Idee, hierher zu kommen!“, schwärmt Marie. „Wer hat denn eigentlich diesen Geistesblitz gehabt?“

„Die Idee haben wir Emma zu verdanken“, erklärt Lia. „Ich bin mir allerdings nicht sicher, ob nicht unsere Beziehungsprobleme und die jämmerliche Stimmung der Auslöser waren …“

„Lia und ich sind gestern Abend für einen Drink ausgegangen“, fängt Emma an zu erzählen und lächelt verschmitzt. „Daraus wurde ein ordentlicher Schwips, ein himmlisches Abendessen und ein neuer Mann.“

Überraschung und Freude sind Marie deutlich anzusehen. Und sie will unbedingt mehr erfahren.

„Erzähl …, ich will alles wissen! So, als wäre ich dabei gewesen", drängt Marie und freut sich sichtlich auf eine aufregende Geschichte.

So erfährt nun auch sie bis ins letzte Detail absolut alles über diesen außergewöhnlichen Abend. Der Glanz in Emmas Augen während ihrer Erzählung verrät, dass diese Begegnung mit dem neuen Mann etwas Besonderes sein könnte. Dieser David, charmant, attraktiv, von Beruf Journalist, könnte den Unterschied machen. Mit seiner Intelligenz und Lässigkeit, seinem Humor und seiner Großzügigkeit könnte er womöglich Emma aus ihrem Single-Leben reißen.

„Ein guter Fang", zwinkert Lia. „Er könnte dein Leben auf den Kopf stellen."

„Ich hoffe, er ist kein Fang, den ich auf den zweiten Blick lieber gleich zurück ins Wasser schmeiße … Ach, ich würde es mir wünschen. Nach langer Zeit bin ich wieder neugierig und bereit, einem Mann eine Chance zu geben", antwortet Emma mit einem gewissen Ernst in der Stimme.

Marie ist begeistert. „Endlich ein Mann, der vielleicht mehr ist als ein schneller Boxenstopp", sagt sie theatralisch.

Der Abend steht im Zeichen einer gelösten Stimmung und leiser Erwartung. Beim Abendessen verfliegt die Zeit, denn die Mädels haben sich noch so viel zu erzählen. Keine Frage, jetzt schlafen zu gehen, wäre wirklich keine Option.

So wird Emmas Zimmer kurzerhand in eine gemütliche Lounge umgewandelt. Ein paar Kerzen, noch mehr Wein, leise Musik im Hintergrund verheißen eine lange, unterhaltsame Nacht.

„Ja, ich weiß", fängt Marie an, als sie über ihre Beziehung zu Tom in den letzten Monaten zu reden beginnt, „ich bin da wohl in eine Falle getappt. Ich habe viel zu lange gewartet, bin dabei immer unzufriedener geworden. Erst jetzt fange ich an, auch über meine Rolle in unseren Konflikten nachzudenken. Ich habe Tom bisher immer alleine dafür verantwortlich gemacht, ihm nach jeder weiteren Enttäuschung den Rücken zugekehrt und jetzt wundere ich mich, dass er sich mehr und mehr distanziert."

Marie macht eine Pause und grübelt über ihr Verhalten nach.

„Ich bin manchmal so wütend", fährt sie fort, „dass ich in Versuchung komme zu sagen, Tom hat schon immer dies und das falsch gemacht. Es ist aber Quatsch, so etwas zu behaupten."

„Ach ja, diese berühmten Vorwürfe, ‚du tust immer' und ‚du tust nie' …, die habe ich auch großzügig eingesetzt. Und was mir das beschert hat, wissen wir ja", sagt Lia reumütig.

„Man sollte das Dach reparieren, wenn die Sonne scheint, hatte mein Vater immer gesagt", erinnert sich Marie.

Lia schmunzelt und nickt dabei zustimmend. „Miteinander reden ist alles. Und am besten rechtzeitig. Dauerhaft stillschweigend auf etwas zu verzichten, nur um den Partner nicht zu nerven oder zu verletzen, das löst kein einziges Problem."

„Das Schweigen verschlimmert alles", bekräftigt Emma. „Über Probleme nicht zu reden, hilft genauso wenig, wie sich die Augen zuzuhalten und zu glauben, dass man ohnehin nicht gesehen wird."

Emma schaffte es immer wieder, mit Humor die Stimmung etwas aufzuheitern.

„Ich habe panische Angst davor, dass sich unsere Liebe in eine symbiotische Kosten-Nutzen-Beziehung verwandelt. Und ich befürchte, ich bin nicht ganz unbeteiligt an diese Situation. Ich befürchte, ich habe es vermasselt", sagt Marie und mit einem leichten Handzeichen wehrt sie schon im Ansatz die Entrüstung ihrer Freundinnen ab.

„Quatsch, du solltest dich nicht für alles alleine verantwortlich fühlen", entgegnet Emma entschieden. „Und du hast es ganz sicher nicht vermasselt, du hast eben nur rausgefunden, wie deine Beziehung für dich nicht funktioniert."

Marie weiß allerdings, dass es keinen Sinn macht, sich die Sachen schön zu reden.

„Als kleines Mädchen", fährt sie fort, um ihre Sicht der Dinge zu erklären, „da kannte ich keine Grenzen. Auf die Frage: ‚Was willst du werden, wenn du groß bist?', konnte ich viele Antworten geben. Von Prinzessin bis Astronautin, in meiner Phantasie war alles möglich. Später habe ich mich für ein Kunstgeschichte-Studium entschieden und damit meine berufliche Erfüllung gefunden. Ich träumte davon, durch die ganze Welt zu reisen und für Kunstliebhaber schöne Schätze finden ... Und dann, als ich mich in Tom verliebte, kreisten meine Gedanken nur noch ums Heiraten, um das schönste Brautkleid, und später, um den besten Bio-Gemüsebrei für Jakob oder die lustigste Kindergeburtstagsparty. Ich habe dabei einen Teil meiner eigenen Träume einfach aufgegeben. Ich habe mir selbst eingeredet, dass mir einzig das Familienglück ausreichen würde!", stellt Marie ein wenig nüchtern, fast verbittert fest. Auch ein Hauch an Selbstverachtung schwingt mit.

„Und am Ende steht man ratlos da mit der Frage: Wer genau hat diesen Schlamassel verursacht oder einfach auch nur nicht verhindert?", meint Lia und denkt dabei an ihre eigene Situation.

„Papperlapapp", entgegnet Emma. „Es braucht immer zwei zum Tangotanzen."

„Ich bin voll bei dir", sagt Lia versöhnlich. „Aber trotzdem glaube ich, dass es auch manchmal an einem allein liegen kann, dass ein Paar aus dem Takt kommt."

„Darüber hat Dr. Sommer eine eindeutige Meinung", sagt Emma. Sie weiß, dass die Erwähnung Dr. Sommers sofort wieder die Neugierde der Freundinnen entflammen wird.

„Worüber genau?", fragt Lia interessiert.

„Über das Tangotanzen in einer Beziehung und das Zusammenspiel der verschiedenen Vorstellungen und Erwartungen, die jeder der Partner in die Beziehung mitbringt", antwortet Emma und greift schon nach ihrem iPhone.

„So ein Glück, dass es diesen Podcast gibt", sagt Lia. „Ich kann mich allerdings nicht entscheiden, ob ich diese Therapeutin liebe oder fürchte."

„Geht mir genauso", kichert Emma und sucht dabei nach der richtigen Podcast-Folge.

***

Podcast Dr. Sommer
Du vervollständigst mich.
Ewige Liebe vs. Lebensabschnittspartner.

Ihr Lieben, ich bin sehr dankbar für Euer Interesse an meinen Podcast! Nichts motiviert mich mehr, als mein Wissen und meine persönliche Meinung zu den Themen Liebe, Beziehung, Sex, Persönlichkeitsentwicklung mit Euch zu teilen und auch Eure Fragen dazu zu hören und Eure Meinung dazu zu erfahren.

Ich habe mich heute bei meinem Podcast für ein Medley entschieden aus den Beiträgen, die in den letzten Wochen am heißesten kommentiert wurden. Es geht um die verschiedenen Phasen einer Beziehung, beginnend mit der Magie des Anfangs, über die vertraute Gemütlichkeit bis zum Alltagstrott. Es geht auch um die Gefahr der Fehldeutung und das brisante Thema „Fremdgehen".

Es steht fest, dass wir am Anfang einer Beziehung, wenn wir frisch verliebt sind, überzeugt sind, dass nun unsere tiefsten Sehnsüchte erfüllt werden, denn wir haben ja den perfekten Partner gefunden. Er ist der „Eine und Einzige", der genauso denkt und fühlt, wie wir selbst, er ist unser Seelenverwandter, der uns die Wünsche von den Augen ablesen kann, der immer an unserer Seite ist, so dass wir uns nie mehr alleine fühlen werden.

Sätze wie „Auf dich habe ich mein ganzes Leben lang gewartet" oder „Du vervollständigst mich", die in dieser Phase fallen, klingen zwar sehr romantisch, doch sie suggerieren auch, dass wir ohne einen Partner nicht „ganz" sind. Erst der Partner macht uns vollkommen. Die Vorstellung einer Partnerschaft, die uns vervollständigt, ist für den Start einer Beziehung ideal. Denn wir begehren nur das, was wir noch nicht haben.

Doch der Satz „Ich liebe dich" wird manchmal in einem falschen Sinn gebraucht, gemeint ist nämlich: „Ich brauche dich".

Wenn wir frisch verliebt sind, erleben wir das Gefühl, gebraucht zu werden, als etwas Wunderbares. Später, in langjährigen Beziehungen, verliert dasselbe „Ich brauche dich" etwas von seinem Charme, es wird oft mit Bedürftigkeit verbunden und zur unattraktiven Schwäche degradiert.

Der ideale Partner ist schnell erträumt. Wenn wir uns für einen Partner entscheiden, gibt es für uns gewisse handfeste Fakten: das Aussehen, seine allgemeinen Vorlieben, seine berufliche Situation … Für das, was wir nicht kennen und nicht klar sehen können, platzieren wir eine Vorstellung. So haben wir möglicherweise die Wunschvorstellung, dass er treu ist, kinder- und tierlieb, großzügig, verständnisvoll, romantisch. Wenn wir später verstehen, dass die Realität eine andere ist, ist unsere Vorstellung, unsere Hoffnung enttäuscht. Unser Partner täuscht uns nicht absichtlich, sondern unsere Annahme von ihm wird nicht erfüllt.

Den realen Partner entdeckt man erst im Laufe einer langen Beziehung. Sein Anderssein, seine Schwächen, seine Begrenztheit.

Und so kommt es, dass dieselben Eigenschaften, die wir am Anfang der Beziehung faszinierend fanden, nach einiger Zeit uns total auf die Nerven gehen und sogar im schlimmsten Fall zur Trennung führen.

Ein selbstbewusstes Auftreten kann sich dann in Arroganz verwandeln. Der Wunsch nach Selbstverwirklichung in Egoismus. Eine große Vorliebe für Mode wird dann vielleicht zu Oberflächlichkeit. Liebevolle Aufmerksamkeit kann zu anstrengendem Klammern werden und Zuverlässigkeit zu Spießigkeit. Dieselben Eigenschaften, die am Anfang als liebenswürdig erlebt wurden, können plötzlich zu Fehler oder Mängel werden.

Wie kann es geschehen, dass der selben Partner, denn wir in der Zeit der Verliebtheit als absolut perfekt wahrgenommen haben, jetzt plötzlich so viele Mängel aufweist? Wir hacken aufeinander rum und versuchen den Partner nach unserer Vorstellung zurechtzubiegen.

Als frisch Verliebte erleben wir den Partner und seine Eigenschaften als etwas Neues, das wir im eigenen Leben nicht hatten, aber vermissten. Der selbstbewusste, auf seine Karriere orientierte Mann erlebt die geliebte Frau als seinen Ruhepol, wo er sich entspannen und neue Energie tanken kann. Die liebevolle, fürsorgliche Frau erlebt die dynamische Art des Mannes wiederum als etwas, das sie bewundert und aktiver macht.

Im Alltag werden dieselben Eigenschaften aber auch anders sichtbar: Der selbstbewusste, karriereorientierte Mann ist auch rastlos, ungeduldig, launenhaft, und die liebevolle, fürsorgliche Frau ist manchmal auch bemutternd, anhänglich und besorgt.

Es werden die Schattenseiten ebenfalls sichtbar.

Er will sie selbstständiger, mutiger und spontaner haben. Sie will ihn gelassener, ausgeglichener und familiärer haben.

Und so beginnen sie, sich gegenseitig verändern zu wollen.

Die Magie des Anfangs hält oft nicht so lange, wie es uns lieb wäre. Oft heißt es: Gegensätze ziehen sich an. Es wird aber nie dazu gesagt, für wie lange das so sein wird.

Frauen haben eher die Tendenz, durch Gespräche Beziehungen herzustellen. Es dreht sich dabei alles um Gefühle, Ahnungen, also kurz gesagt: um ihre Innenwelt. Sie möchten Verbundenheit erfahren, Verständnis und Mitgefühl erleben.

Männer dagegen bewegen eher andere Themen, die die Außenwelt betreffen: Erfolg im Job, aufregende Hobbys, das neue Auto. Ihr Ziel ist es primär, Anerkennung und Bewunderung zu erfahren.

Männer sind besser darin, Lösungen anzubieten oder einen praktischen Rat zu geben, anstatt nur zuzuhören und Mitgefühl oder Verständnis zu signalisieren.

Wenn ein Mann nur passiv zuhört und weder Lösung noch Rat anbieten kann, entsteht bei ihm eher die Sorge, nicht hilfreich zu sein und seine Partnerin mit ihrem Problem allein zu lassen.

Frauen wiederum fühlen sich verantwortlich für die Entwicklung des Partners. Wir Frauen sehen es als unsere Pflicht, ihm zu sagen, was er alles besser machen könnte. Frauen empfinden das als Beweis ihrer Liebe, der Mann aber fühlt sich kontrolliert und bevormundet.

Ratschläge sind nicht immer willkommen, sie können in bestimmten Situationen als besserwisserisch empfunden werden. Weder Männer noch Frauen wollen nach einer Fehlentscheidung, nach einem Rückschlag oder nach einem anstrengenden Tag schon wieder hören, wie sie alles hätten besser machen können.

In so einer Situation wollen wir alle nur eins hören: „Ich bin für dich da". Wir wollen Zuwendung, Unterstützung und das Gefühl, dass der Partner uns den Rücken stärkt.

Vor allem wir Frauen werden wahrscheinlich nie frei sein von Bedenken, Ängsten und Unsicherheiten. Wichtiger ist es, welche Antworten wir dazu finden, denn jedes Vorurteil und jede Angst, die tief in uns schlummert, wird sich früher oder später in unserem Leben auch Bahn verschaffen wollen.

Wir können von einer liebevollen, ehrlichen Beziehung träumen, aber solange im Hintergrund unbewusst ein Programm voller Glaubenssätze läuft, das uns subtil vermittelt, dass wir eine ehrliche Beziehung nicht verdienen, dass wir einem anderen Menschen nicht vertrauen dürfen, dass alle Männer Lügner sind, wird der Traum einer solchen ehrlichen Beziehung immer ein Traum bleiben.

Es gibt zwei große Themen, mit denen wir Frauen unbewusst manipulierbar sind, die uns in die Knie zwingen können: die Angst **alleine** zu bleiben und der Glaube, Liebe **verdienen** zu müssen.

Ich persönlich sehe das so: eine Beziehung zu haben, in der sich beide Partner gesehen, verstanden und akzeptiert fühlen, ist wie ein erfolgreiches Unternehmen zu führen. Es geht nur mit einer Vision, mit Zuhören, Verhandeln, mit der Bereitschaft, faire Kompromisse eingehen zu wollen und immer wieder darum zu prüfen, ob beide noch dieselbe Vision haben und denselben Weg gehen wollen.

Wir sollten unseren Partner nicht hinter unseren Vorstellungen verschwinden lassen. Oft sind wir fest davon überzeugt, seine Persönlichkeit genau zu kennen und genau zu wissen, wie er tickt.

Die Karte ist aber nicht die Landschaft. Das Bild, das wir von unserem Partner haben, ist nicht der Partner selbst.

Meine Lieben, vor ein paar Wochen habe ich eine ziemlich provokante These in den Raum gestellt. Es ging um das Thema „Fremdgehen".

Ich war dann doch etwas überrascht, dass die Resonanz so groß, ja enorm war. Zum Teil habe ich Zuspruch bekommen, aber auch viele deutliche Widerworte.

Es liegt mir sehr am Herzen, Folgendes richtig zu stellen: Meine Behauptung „Ich glaube nicht daran, dass die Qualität einer Beziehung daran bemessen werden soll, ob beide Partner sagen können: ‚Wir waren uns immer treu'", heißt keineswegs prinzipiell das Fremdgehen und die damit oft verbundenen Lügen und Enttäuschungen gut.

Der Gedanke dahinter war folgender: Eine Beziehung, die von Gleichgültigkeit, Respektlosigkeit und womöglich sogar von Gewalt gekennzeichnet ist, gewinnt nicht an Qualität, wenn sich die Partner sexuell treu sind. Sexuelle Treue wiegt nicht alle anderen Mängel der Beziehung auf.

Und weil dieses Thema äußerst komplex ist, hier noch ein paar ergänzenden Gedanken dazu:

Wenn wir uns in einer langjährigen Beziehung emotional sicher fühlen und buchstäblich miteinander verschmelzen, sind wir keine abgegrenzten Individuen mehr. Wenn aber die Magie des Anfangs abgeklungen ist und die Tretmühle des Alltags die Partnerschaft bestimmt, kann sich das Bedürfnis nach Abwechslung, nach Abenteuer, nach Risiko melden. Nicht weil der Partner etwas falsch gemacht hat, sondern weil Vertrautheit und Sicherheit nur ein Teil unserer Bedürfnisse darstellen. Wenn wir aus einer langjährigen Beziehung ausbrechen wollen, geht es nicht zwangsläufig darum, einen anderen Partner zu finden, sondern eine andere Seite an uns selbst auszuleben. Es geht dabei oft nicht nur um Sex. Es geht in erster Linie um Verlangen, um den Wunsch, sich begehrt und besonders zu fühlen.

Wir haben zwei gegensätzliche Impulse in uns: einerseits den Wunsch nach Bindung, nach Stabilität und Sicherheit, andererseits die Sehnsucht nach Abenteuer, nach Freiheit, nach etwas Neuem. Diese beiden Impulse in Einklang zu bringen ist die große Herausforderung in Paarbeziehungen.

Dem Wunsch nach Nähe folgt oft unmittelbar die Angst, sich dabei selbst zu verlieren; über der Sehnsucht nach Freiheit schwebt die Bedrohung, in seiner Freiheit letztlich dann doch alleine zu sein.

Am Anfang einer Beziehung träumen alle Paare davon, sich ihre Leidenschaft auf ewig zu erhalten. Liebe will Ewigkeit. Aber der Traum von der ewigen Leidenschaft bleibt meist ein Traum. Denn die Vertrautheit des Miteinanderlebens killt die Neugierde. Das lodernde Feuer kühlt ab. Und schließlich spielt Sex kaum noch eine Rolle.

Ein Mythos hält sich hartnäckig. Er besagt: Wenn Liebe im Spiel ist, dann bleibt das sexuelle Verlangen nach dem Partner von ganz allein und für immer intensiv. Dieser Glaube verunsichert viele von uns. Wenn wir bemerken, dass die Leidenschaft abnimmt – trotz Harmonie und Liebe –, dann fangen wir an, unsere Liebe in Frage zu stellen.

Es ist wichtig, uns bewusst zu machen, dass, je länger Partnerschaften dauern, ein erfülltes Sexleben eine Frage der Entscheidung ist. Am Anfang gibt die Lust auf den Partner den Ton an, später geht die bewusste Entscheidung der Lust voraus.

Am Anfang erleben wir eine wilde, aufregende, unersättliche Sexualität der Leidenschaft. Später ist es eine Sexualität der Vertrautheit und echter Intimität. Stiller, zärtlicher, bewusster.

Der Alltag, die Kinder, die unterschiedlichen Rollen, denen wir gerecht werden wollen, die immer höheren Erwartungen im Job, die Tatsache, sich nicht mehr so um den „sicheren" Partner bemühen zu „müssen" – all dies macht aus einer leidenschaftlichen Beziehung eine Partnerschaft, in der mehr neben- als miteinander gelebt wird. Das Vertraute wird als langweilig und im schlimmsten Fall als Gefängnis erlebt, die Freiheit erscheint als Wunschzustand am Horizont.

Die nachlassende Leidenschaft in einer langen Beziehung wird häufig als deren normaler Verlauf bewertet und akzeptiert. Dennoch steht oft auch der Verdacht im Raum, dass diese nachlassende Leidenschaft eben doch ein Symptom einer Beziehungskrise ist.

In dieser Phase kann ein neuer heimlicher Partner die Illusion erzeugen, die eigentlich bessere Wahl zu sein. Ob dieser Partner auch „alltagstauglich" ist, steht in der Zeit noch keineswegs fest.

Der Gedanke „Neues Spiel – Neues Glück" ist verlockend, doch eigentlich viel zu kurz gedacht.

Es ist bequem zu behaupten: Die Beziehung ist nicht mehr so, wie ich sie mir erträumt habe – also wechsle ich den Partner und der Idealzustand stellt sich wieder ein. Der Wechsel des Partners bedeutet oft nicht, dass das Problem gelöst ist. Man kann demselben Problem in einer neuen Besetzung genauso wieder begegnen.

Affären können auch im Schatten eines Schicksalsschlags entstehen. Sie vermitteln dann vielleicht das Gefühl, lebendig und glücklich zu sein, sie wirken wie ein Heilmittel gegen Krankheit und Tod.

Affären sind ein Spiel mit dem Feuer. Affären sind Geschichten mit offenem Ausgang. Sie können einen Flächenbrand auslösen und alles zerstören, sie haben aber auch das Potential, eine eingeschlafene Beziehung wieder zu beleben.

Dafür braucht es allerdings Zeit. Jemand, der verletzt wurde und sich hintergangen fühlt, der primär Wut, Scham und Trauer empfindet, kann in einer Krise zu einem solchen Zeitpunkt sicherlich keine Chance sehen. Im Gegenteil, dieser Situation auch noch etwas Positives abgewinnen zu sollen, wird als Affront erlebt.

Veränderungen brauchen Zeit und manchmal auch Mut. Mut, herauszufinden, was in der Beziehung vernachlässigt wurde, was an Wertvollem dennoch vorhanden ist und welche tiefe Verbindung, trotz Affäre, zwischen den Partnern besteht.

Jeder Neuanfang bedeutet auch, ein Risiko einzugehen.

Ihr Lieben, in diesem Sinne, genießt das Verliebtsein, ehrt die wahre Liebe und trefft gute Entscheidungen …"

***

„Oje", ruft Lia, und fährt sich dabei durch die Haare. „Ich fühle mich gerade, als hätte mir jemand die Ohren lang gezogen und mich ordentlich wachgerüttelt."

„Mir hat die liebe Frau Dr. Sommer auch ganz deutlich eine verpasst", antwortet Marie. „Wobei hast du dich ertappt gefühlt?", fragt sie in Richtung Lia.

„Mich hat besonders berührt, als sie darüber sprach, dass wir dieselben Eigenschaften des Partners in unterschiedlichen Phasen in total verschiedenem Licht sehen. Wenn wir mit verliebten Augen hinschauen und später, wenn der Partner schon ‚alltagsgeprüft' ist und der Glanz des Neuen immer mehr verblasst."

„Ganz ehrlich", sagt Marie verschämt, „ich habe mich selbst, schimpfend und mit einem Nudelholz in der Hand, vorgestellt, als Dr. Sommer über die Frauen sprach, die sich für die Entwicklung des Mannes verantwortlich fühlen. Grauenhaft! Und so unsexy!"

„Wenn ich ganz ehrlich bin", fügt Lia hinzu, „der ganze Podcast war wie für mich persönlich zusammengestellt."

Mit einem leichten Nicken bestätigt Marie, dass all diese unbequemen Themen auch ihr einen ehrlichen Spiegel vorgehalten haben, darin konnte sie viel von ihrem eigenen Verhalten und ihren Ängsten erkennen.

„Wie siehst du das, Emma ... Was sagst du eigentlich dazu?", fragt Lia interessiert.

„Ich habe mich über Monate mit all diesen Themen gründlich beschäftigt und ich habe sicherlich noch ein ganzes Stück Weg vor mir, aber eines weiß ich inzwischen gewiss: Ich kann mir meinen Partner definitiv nicht nach meinem Gusto bestellen! Etwa wie einen Salat ohne Zwiebel, weil ich keine Zwiebel mag", erklärt sie kurz und bündig.

Es war ein langer Tag für die drei, voll gespickt mit reichlich Emotionen und wichtigen Erkenntnissen. Die Podcasts von Dr. Sommer und die Gespräche unter den Freundinnen halfen, viele Dinge klarer zu sehen. Ja, Leben bedeutet Veränderung, Lebensentwürfe müssen manchmal korrigiert werden, um eine ehrliche Betrachtung der Dinge kommt man nicht umhin – das waren erste sehr wertvolle Einsichten.

Doch machte es wirklich Sinn, alles in Frage zu stellen? Waren Fehlentscheidungen und damit einhergehende Verletzungen wirklich irreparabel? Sollte man misstrauisch bleiben oder seine Bedürfnisse zurückstellen, nur um den Schein zu bewahren oder um Streit zu vermeiden? War das Gras woanders wirklich grüner?

Am nächsten Tag beim Frühstück direkt neben dem Panoramafenster geht das Gespräch um das gleiche Thema nahtlos weiter.

„Ich konnte gestern Nacht ewig nicht einschlafen", fängt Marie gleich an zu erzählen, nachdem sie ihren ersten Schluck Kaffee genommen hatte. „Dass ich erkannte, wie mein jetziges Verhalten meine Beziehung gefährdet, war die eine Sache, die mich nicht schlafen ließ. Doch die entscheidende Frage: Wie geht es besser? – die konnte ich mir immer noch nicht beantworten."

Lia hat früh am Morgen als erster Gast im Outdoor Pool ihre Bahnen gezogen und bereits vor dem Frühstück ihre tägliche Sporteinheit hinter sich. Den Schlafmangel sieht man ihr nicht an, und Matcha-Tee und Eiweiß-Omlette tun ihr übriges, um sie gut aussehen zu lassen.

„Ging mir genauso", sagt sie mit tröstender Stimme. „An Schlafen war nicht zu denken … Ich musste mich wieder und wieder daran erinnern, dass ich monatelang einfach unausstehlich war. Doch selbst das hat Max geduldig ertragen … Wenn ich nur wüsste, wie ich dieses Desaster wieder gut machen kann!"

„Hmmm", antwortet Emma schmunzelnd. „Ich glaube, der Satz, den ich von Dr. Sommer am häufigsten gehört habe, war: ‚Eine Antwort wird kommen. Lassen Sie es einfach zu und quatschen Sie nicht dazwischen.'"

Ein zustimmendes Kichern in der Runde.

Der freie Blick auf das majestätische Massiv der Zugspitze macht Lust, einfach rauszugehen und die Natur zu genießen. Berge, Wälder und Wiesen – soweit der Blick reicht, von atemberaubender Schönheit.

Kurze Zeit später, versorgt mit liebevoll gepackten Lunch-Paketen, verlassen die drei Großstadt-Mädels voller Tatendrang das Hotel.

„Verbringe etwas Zeit in der Natur und du wirst alles besser verstehen" – so steht es auf einer kunstvoll geschnitzten Holztafel direkt neben dem Ausgang. Vielleicht das Motto des Tages.

Die drei entscheiden sich für den angezeigten Weg, der eine leichte Wanderung verspricht. Es dauert nur wenige Minuten, bis die Stille sie berührt und erfasst. Schweigend gehen sie hintereinander, saugen die frische Bergluft förmlich auf.

Außer ein paar Kühen, die voller Gelassenheit auf der Wiese liegen und ein paar in der Landschaft versprengten Schafen treffen sie auf niemanden. Vor der Kulisse hoher Berggipfel und ansteigender Wälder, begleitet von Vogelgezwitscher und dem Rauschen eines Wildbaches, erreichen sie fast unbemerkt das Plateau, das die Hälfte ihrer Wanderung markiert.

Die ersten goldenen Blätter treiben im sanften Wind, die warme Mittagssonne lädt sie ein, die Picknickdecke auszubreiten.

Nirgendwo kann der Mensch demütiger werden als inmitten einer solchen grandiosen Natur. Wer könnte sich anmaßen, die Farben der Natur oder die Gestalt eines Baumes verbessern zu wollen? Alles ist vollkommen.

Wie kann man hier nicht glücklich sein? Die Natur schafft es mühelos, uns zu inspirieren, zu erfrischen und zu erneuern. Oben auf dem Berg, wo sich beinahe der Himmel berühren lässt. Dort, wo die Welt uns zu Füßen liegt. Es ist der Natur völlig egal, wer du bist, was du geleistet oder verbrochen hast, wie du aussiehst oder welche Gedanken dich umtreiben.

Du kannst dir eine Pause von dir selbst erlauben. Hier werden so manche Probleme wieder in die richtige Verhältnismäßigkeit gerückt.

Am Nachmittag sind die drei einfach nur müde und überwältigt vom grandiosen Tag auf dem Berg. Der liebgewonnene Platz am Kamin in der Hotel Lobby ist auch am zweiten Nachmittag ihres Aufenthalts Zeuge und Austauschort ihrer tiefsten Gedanken.

„Wir waren bis jetzt noch nie stundenlang zusammen und haben dabei so wenig miteinander geredet", bemerkt Emma. Sie meint damit die Zeit, die sie draußen auf dem Berg verbracht haben.

„Ich habe beim Wandern gedanklich ganz lange Selbstgespräche geführt", vertraut sich Marie den beiden Freundinnen an, „und ich glaube einiges erkannt zu haben …."

„Spannend! Und das wäre …?", fragt Emma neugierig.

Marie hat sich bisher noch keinem anderen Menschen so offen und tiefgehend anvertraut. Es ist aber nun endlich an der Zeit, zuzugeben, dass sie ihr Traumleben keineswegs genießt. Dass ihr Alltag und ihre Beziehung zu Tom von Unsicherheiten und Ängsten, von ungelösten Konflikten und unerfüllten Wünschen durchzogen ist. Dass der Schmerz, den sie durch die emotionale Entfernung Toms erfährt, größer ist als ihre Angst, ihre Komfortzone zu verlassen. Sie hat inzwischen erkannt, dass es sinnlos ist, darüber zu streiten, wer das größere Leid erträgt. Tom, weil er das Gefühl hat, sein Business und die Familie nicht unter einen Hut zu bekommen, oder sie, weil sie sich einsam und in ihren Hoffnungen getäuscht fühlt.

Schließlich muss Marie ehrlicherweise zugeben, dass ihre Enttäuschung und Unzufriedenheit, nicht allein mit Toms Ungeschicklichkeit im Alltag zu tun haben. Es geht ihr nicht allein darum, ob er viel länger im Büro ist als zu Hause. Es geht nicht um all die Dinge, die er vergisst oder verkehrt macht ….

Es geht ja auch tatsächlich wohl nie nur „um die Socken", wenn ein Liebespaar streitet.

Marie hat erkannt: Der Ursprung ihres Leides liegt an der unerfüllten Sehnsucht, ihre Leidenschaft für Kunst auszuleben und sich selbst zu verwirklichen.

Lia und Emma schauen sich verdutzt an. Diese selbstkritische, reflektierte und bedachte Seite hat Marie bisher noch nie von sich gezeigt. Sie war immer die zarte Fee, vom Glück geküsst. Nun zeigt sie sich als selbstbewusste Frau, die bereit ist, ihre Fehler einzusehen und zu korrigieren.

Marie selbst muss schmunzeln, als sie die verwunderten Gesichter der Freundinnen sieht. Ja, sie ist nicht nur lieb, anständig und genügsam. Nein, sie ist auch zornig, fordernd und ungeduldig.

„Die Krux liegt bei mir selbst", stellt Marie fest. „Es geht in erster Linie um mich. Ich bin, ohne es zu merken, auf der Strecke stehen geblieben und war irritiert, als ich erkannte, dass Tom nicht bereit war, ebenso stehen zu bleiben."

Lia und Emma merken, dass Marie zögert und noch etwas anderes zurückhält. Sie beobachtet für einige Zeit das Spiel der Flammen im Kamin und zupft nervös an ihre Lippen.

„Mir fehlt meine Arbeit", flüstert sie den Gedanken vor sich hin, als sei er so fraglich oder gewagt, dass es gefährlich wäre, ihn laut auszusprechen.

„Liebes, niemand erwartet von dir, dich selbst aufzugeben", schaltet sich Emma ein und versucht, ihr das schlechte Gewissen auszureden. „Du kannst mit Sicherheit die beste Mama für Jakob und die liebevollste Partnerin für Tom sein, trotz der Arbeit in der Galerie."

„Ich stelle mir aber immer das Entsetzen der Anderen vor: ‚Warum willst du dein Kind einer fremden Betreuung anvertrauen?', werden sie vielleicht fragen. ‚Niemand kann sich so gut wie du selbst um dein Kind und um deinen Haushalt kümmern!', wird es heißen. Diese ‚heiligen Wahrheiten' habe ich schon als kleines Mädchen gehört", meint Marie und lässt nun endlich die Katze aus dem Sack.

„Also, ich habe oft genug mit unglücklichen Elternpaaren zu tun. Und ich kann euch eines ganz sicher sagen: Am besten geht es den Kindern, wenn die Eltern ein glückliches Liebespaar bleiben", sagt Lia absolut überzeugend.

„Und wie geht das, bitte?", fragt Marie etwas gespielt naiv. „Ich meine, da draußen wimmelt es von Experten, die Beziehungsregeln aufstellen: Da heißt es ‚bloß keinen Fernseher im Schlafzimmer', ‚fixe wöchentliche Date-Nights', ‚Zwiegespräche' … Für mich ist das alles Bullshit. Ich kann mir so was nicht vorstellen. Ein viel zu starres Konzept. Wo bleibt die Spontanität?"

„Ich denke, die Spontaneität bleibt wohl in der Verliebtheits-Phase stecken. Da, wo kein Weg zu weit und keine Idee zu verrückt ist, um dem Liebsten nahe zu sein", antwortet Lia mit einem Lächeln.

„Hmmm …, da ist vielleicht was dran", stimmt Marie zu. „Am Anfang gibt tatsächlich die Lust auf den Partner den Ton an, später heißt es plötzlich ‚Beziehung ist Arbeit'".

Beziehungskonto. Bitte was?

Ich habe eine spannende Theorie kennengelernt, die besagt, dass wir alle in Sachen Liebe eine eigene Sprache sprechen. Und dass es unheimlich dabei hilft, die Liebessprache des Partners zu lernen und auch zu sprechen, um eine frische, lebendige Beziehung zu führen", sagt Emma und eröffnet so ein ganz neues Gesprächsthema.

„Und damit kommst du erst jetzt?", ruft Lia lachend aus.

„Ich selbst habe erst neulich davon gehört", verteidigt sich Emma. „Die liebe Dr. Sommer hat mich zuerst alle Phasen meiner Trennung von Toby bewusst durchleuchten lassen, bevor sie mir, ‚die Geheimnisse einer glücklichen Beziehung', verraten wollte …"

Emma erinnert sich an das Wechselbad ihrer Gefühle nach der Trennung von Toby. An den Schockzustand, als sie ihre Träume zunichte gemacht sah, an das „Nicht-wahr-haben-wollen" in den Tagen danach, als sie zu wenig Energie hatte, um sich der Realität zu stellen und lieber an einen schlechten Traum glauben wollte. Sie erinnert sich allzu gut an die Wut, die sie anschließend fühlte und die ihr letztendlich half, aus der Hilflosigkeit und Ohnmacht rauszukommen. Sie hatte keinen Gedanken daran verloren, um Toby zu kämpfen und dafür große Zugeständnisse zu machen, zu feilschen und sich womöglich „unter Wert zu verkaufen". Die Trennung und vor allem der Grund dafür, machten sie vor allem sehr traurig. Das Tal der Tränen schien unendlich. Ob sie Hoffnung und Vertrauen jemals wieder aufbringen könnte, das schien ebenfalls in ganz weiter Ferne. Trotzdem kam irgendwann die Zeit, dass neue Lebensfreude zart aufkeimte und die Wunden zu vernarben begannen.

Sie hatte sich entschlossen, den Männern anders zu begegnen, sie nicht mehr als „durchlaufende Posten" zu betrachten, sondern ihnen aufrichtig und unvoreingenommen gegenüberzutreten.

„Und wie schwer ist es eigentlich, diese Sprachen der Liebe zu lernen?", fragt Marie neugierig.

„Alleine zu wissen, dass es verschiedene Liebessprachen gibt, ist vermutlich schon ein Gewinn", meint Lia. „Nun sag schon, wie man das schafft. Wir sind lernbegierig!", pflichtet Lia Marie bei.

„Im Grunde", fängt Emma an, „geht es dabei darum, dass das, was wir sagen, der Partner auch versteht. Oberflächlich gesehen tut er das zwar, aber eben nur auf seine eigene Art und Weise. Denn das, was wir sagen und tun, löst in unserem Partner gewisse Gefühle, Bilder und Assoziationen aus. Die sind eng verbunden mit seinen früheren Erfahrungen, meist schon aus der Kindheit. Wir müssen wissen: Er reagiert alleine auf diese alten Gefühle, Bilder und Zusammenhänge. Und das ist nicht zwingend das, was wir ihm tatsächlich sagen wollten."

Mit großer Aufmerksamkeit und Faszination für diese neue Sicht der Dinge hängen die Mädels förmlich an Emmas Lippen.

Es wird ihnen langsam bewusst, dass Liebesbekenntnisse nur dann ankommen, wenn sie auf dem Kanal und in der Sprache gesendet werden, auf dem der Partner sie auch empfangen kann. Denn: Wir meinen oft nicht das Gleiche, wenn wir von Liebe sprechen.

Am Anfang einer Beziehung benutzen wir instinktiv alle Liebessprachen gleichzeitig. Wir machen ständig Komplimente, verbringen jede freie Minute zu zweit, machen uns kleine, liebevolle Geschenke, sind gerne jederzeit hilfsbereit und können kaum die Finger voneinander lassen. Doch irgendwann lässt die Magie nach und es wird unmöglich, all diese Liebessprachen mit solchen Intensität und Gleichzeitigkeit weiterzuverfolgen. Das ist auch nicht notwendig, wenn wir die Liebessprache unseres Partners schon perfekt beherrschen.

So stellt sich die Frage: „Sprechen Sie ‚Liebe‘? Und wenn ja, welchen Dialekt?"

Manchmal ist allerdings einfach der Wurm drin. Wir fühlen uns vom Partner missverstanden, oder er sich von uns. Was wir wiederum überhaupt nicht nachvollziehen können.

„Du verstehst mich einfach nicht", heißt es dann, und beide fühlen sich im Recht. Grund dafür ist selten mangelnde Liebe, sondern die Tatsache, dass wir uns in unterschiedlichen Liebessprachen ausdrücken.

Jeder von uns kann zwar alle Liebessprachen „sprechen", aber meistens liegt uns nur eine besonders gut.

So erfahren die Freundinnen weiter, dass für manche Menschen Komplimente, Lob und Anerkennung sehr wirkungsvolle kleine Helfer in der Liebe sind. Denn Worte und ihre Botschaften haben Macht. Dabei geht es nicht um billige Schmeichelei, um letztlich die eigenen Interessen durchzusetzen. Vielmehr geht es um die Tatsache, dass wir es genießen, gelobt zu werden und uns dafür liebevoll revanchieren.

Wer diese Sprache besonders beherrscht, dem fällt es leicht, andere Menschen mit Lob und Komplimenten zu überhäufen. Dafür brauchen sie gar keinen besonderen Anlass. Sie genießen es, ihr Gegenüber wissen zu lassen, was für ein besonderer Mensch dieser ist. Gleichzeitig ist diesem Menschen die eigene Wertschätzung sehr wichtig. Sie fühlen sich schnell nicht wertgeschätzt, wenn der Partner tagelang kein lobendes Wort für sie findet.

Für andere Menschen wiederum ist ungeteilte Aufmerksamkeit ein Liebesbeweis, etwa die gemeinsam verbrachte Zeit mit besonderer Qualität. Es ist damit nicht die Zeit gemeint, wo es darum geht, Aufgaben aufzuteilen oder Alltagsprobleme zu lösen. Es geht vielmehr um eine gemeinsam verbrachte Zeit, in der wir uns bewusst machen, dass die Verliebtheit am Anfang unserer Beziehung keineswegs nur eine Illusion war.

Menschen die diese Art der Liebessprache bevorzugen, schenken ihrem Gegenüber uneingeschränkte Aufmerksamkeit und wünschen sich dies im Gegenzug auch für sich selbst.

Auch von Herzen zu schenken und hilfreich zu sein sind sichtbare Zeichen der Liebe. Es geht dabei nicht zwingend um Diamanten oder andere kostspielige Geschenke. Es gibt durchaus unmissverständliche Signale der Liebe, die wertvoller sind als alles, was man kaufen könnte. Zum Beispiel da zu sein, wenn der Partner unsere Gegenwart braucht, oder ihm zuliebe die Extrameile zu gehen und kleine Gefälligkeiten leisten.

Wer Freude daran hat den anderen mit kleinen oder ausgefallenen Geschenke zu überraschen, wer das Talent besitzt, die Wünsche des Partners zu verstehen und es liebt, ihm diese Wünsche zu erfüllen, der spricht die Sprache der Geschenke besonders gut. Derjenige ist dann sehr enttäuscht, wenn der Partner, zum Beispiel nach einer längeren Businessreise, an kein Mitbringsel denkt oder ab und zu keine Blumen mitbringt.

Wer wiederum die Sprache der Hilfsbereitschaft spricht, erkennt sofort, wo seine Hilfe willkommen ist. Er bringt unaufgefordert den Müll raus, repariert die quietschende Tür und nimmt dem anderen generell gerne Arbeit ab. Das ist seine Art Liebe zu zeigen. Wird diese Hilfe nicht anerkannt oder sogar übersehen, fühlt sich derjenige nicht wertgeschätzt. Oft kann das, was der Partner am meisten kritisiert oder bemängelt, einen Hinweis darauf geben, welche Sprache der Liebe er spricht. Wir neigen dazu, unseren Liebsten dort am häufigsten zu kritisieren, wo für uns selbst emotional der größte Mangel herrscht.

Allerdings ist Kritik eine völlig ungeeignete Methode, um Liebe zu erbitten. Wer mit Schuldgefühlen und Drohungen den anderen manipulieren will, der spricht nicht die Sprache der Liebe.

Was viel zu oft, vor allem in langjährigen Beziehungen, vergessen wird, ist die Liebessprache der Zärtlichkeit, der körperlichen Zuneigung – wobei Sex nur ein Dialekt dieser Sprache der Zärtlichkeit ist. Liebevolle Berührungen, eine Umarmung „ohne Grund", ein inniger Kuss zur Begrüßung können Liebe vermitteln.

Für diejenigen, die die Sprache der Zärtlichkeit sprechen, sind Umarmungen, Händchen halten, zärtliche und leidenschaftliche Küsse, der ultimative Liebesbeweis. Sie legen nicht unbedingt Wert darauf, gesagt zu bekommen, dass sie sexy und unwiderstehlich sind – eine liebevolle Umarmung, eine heiße Liebesnacht sind Liebeserklärung genug. Warum ist es hilfreich, die Liebessprache des Partners zu kennen und zu sprechen?

Es macht verständlich, dass das, was mir in einer Beziehung wichtig ist, für meinen Partner möglicherweise eine kleinere Bedeutung hat. So kann das Verständnis füreinander wachsen und die Bedrohlichkeit des Anderssein verringert werden.

Wem Geschenke nicht so wichtig sind, der wird auch nicht enttäuscht sein, wenn er am Hochzeitstag „nur eine Kleinigkeit", einen Blumenstrauß oder Pralinen vom Partner bekommt. Wenn diese Person die Liebessprache der Zweisamkeit spricht, wird sie sich vielmehr über ein romantisches Essen freuen.

Wenn sie sich aber am Hochzeitstag einen wertvollen, neuen Diamantring gewünscht hat, weil sie die Sprache der Geschenke spricht, wird sie vom romantischen Dinner zu zweit, wahrscheinlich enttäuscht.

Wenn beide Partner die Liebessprache des anderen kennen, können sie solche Missverständnisse leichter vermeiden.

Am kuscheligen Platz neben dem Kamin herrscht für eine Weile Stille. Es scheint, als würden die Mädels genauer überlegen, welche Liebessprache sie selbst und welche Liebessprache die geliebten Menschen in ihrem Leben sprechen.

„Unsere Beziehung ähnelt demnach einem Bankkonto?", fragt Lia amüsiert, „zahlen wir regelmäßig ein, so können wir uns entspannt Wünsche erfüllen, gerät aber das Konto ins Minus, wird es unbequem. Meinst du das echt so?"

„So ungefähr kannst du es sehen", bestätigt Emma. „Auf ein Beziehungskonto zahlen wir ein, in Form von Aufmerksamkeit unseren Liebsten gegenüber. Alles, was Freude macht, unterstützt, schmeichelt oder Vertrauen aufbaut, stärkt die Beziehung. Solange unsere Beziehungskonten ausreichend gedeckt sind, verkraften sie gelegentliche Abbuchungen, in Form von kleinen Fehlern und Unachtsamkeiten. Rutscht das Konto aber ins Minus, sind Konflikte vorprogrammiert", so erklärt Emma weiter.

„Es geht also darum, ein ausgeglichenes Verhältnis zwischen Geben und Nehmen hinzubekommen, so dass sich beide Partner in der Beziehung wohlfühlen", lautet Maries Fazit.

Später im Restaurant unterhalten sich die Mädels weiter über die Sprachen der Liebe und wie ein Beziehungskonto immer wieder gedeckt werden kann, ohne die Partnerschaft rein rechnerisch zu betrachten.

Die kurze Nacht davor, die stundenlange Wanderung in der Natur, gefolgt von einer wunderbaren Nachmittagsjause am Kamin und einem üppigen Abendessen – all dies verlangt nach baldiger Bettruhe.

„Ihr Lieben", sagt Emma, während sie das Gähnen zurückzuhalten versucht, „wir haben jetzt schon so viel darüber geredet, was in unseren Beziehungen schief gelaufen ist und worüber wir gerade unglücklich sind ..."

„Und das hat einige Spuren hinterlassen", fügt Lia seufzend hinzu und reibt sich leicht die Augen.

„It's time to make a change!", fährt Emma entschlossen fort. „Ich schlage ein Spiel vor, das euch heute Nacht garantiert mit einem Lächeln im Gesicht einschlafen lässt."

„Ich bin mir nicht sicher, ob ich mutig genug bin, um mich auf deine Spielchen einzulassen", sagt Marie, während sie sich schmunzelnd zurücklehnt und auf Emmas Vorschlag wartet.

„Ich weiß, du bist einiges von mir gewohnt", antwortet Emma scheinbar verschämt. „Lass dich überraschen. Diesmal ist es anders."

„Jetzt bin ich aber neugierig", so auch Lia, die wieder hellwach ist.

Emma beugt sich nach vorne über den Tisch und sagt mit geheimnisvoller, leiser Stimme: „Stellt euch vor, heute Nacht, während wir alle schlafen, geschieht ein Wunder. Und dieses Wunder bewirkt, dass alle Probleme, die uns unglücklich machen, gelöst sind. Was würde dann anders sein? Woran würden wir merken, dass ein Wunder geschehen ist, und woran würden es unsere Liebsten vermutlich merken? Was wären die ersten Dinge, die uns auffallen würden? Haben wir irgendetwas davon schon mal erlebt? Was müsste passieren, um es erneut zu erleben?

Wir dürfen dabei alle Grenzen sprengen und keine Gedanken darüber verlieren, was realistisch oder unmöglich ist. ‚Dream big' ist heute Nacht das Motto."

Im noch voll besetzten Restaurant bietet der Tisch mit den drei Freundinnen ein sonderbares Bild. Drei Köpfe, die verschwörerisch zusammenstecken, drei Paar weit geöffnete, glitzernde Augen und drei Paar verschmitzt lächelnde Lippen.

„Was ist nur mit meiner Emma passiert?", fragt Marie, überwältigt von den neuen Facetten ihrer besten Freundin.

„Ladys …", antwortet Lia indessen, „lasst uns keine Zeit verlieren und fangen wir sofort an, grenzenlos zu träumen!"

,Was wird alles anders, wenn plötzlich ein Wunder geschieht? Woran werde ich es merken?', überlegt Marie in der wohligen Wärme ihrer Badewanne. ,Das wäre eine ganz neue Sichtweise', fährt sie in ihren Gedanken fort, ,bisher habe ich mich eher darauf konzentriert, was ich alles nicht mehr will und was Tom alles verkehrt macht … Wie oft habe ich ihm vorgeworfen, nie da zu sein und meine Vorstellung von einem glücklichen Familienleben nicht zu erfüllen. Wie oft habe ich mich dafür bemitleidet, dass mein Leben nicht so läuft, wie ich es mir erträumt habe … Aber wer soll eigentlich dafür verantwortlich sein, außer ich selbst?

Auf diesem ganzen Weg habe ich irgendwie die Übersicht verloren. Lange Zeit habe ich tatsächlich geglaubt, ich würde das Familienmodell meiner Eltern leben wollen', gesteht sie sich schließlich ein.

,Was würde es bedeuten, wenn mein Traumleben Realität würde?', überlegt sie weiter. ,Und woran würde Tom es eigentlich merken, dass ich glücklich bin? Was ist überhaupt meine Sprache der Liebe? Und welche Liebessprache spricht Tom?' – Nur allzu viele Gedanken gehen ihr durch den Kopf.

Marie lässt sich tiefer in den weichen Schaum sinken, schließt dabei ihre Augen und versucht sich vorzustellen, wie ein perfekter Tag für sie wohl aussehen könnte. Sie geht in Gedanken Schritt für Schritt einen solchen Tag durch: ,Wir wachen zur gleichen Zeit auf und frühstücken zusammen. Unsere Aufgaben an diesem Tag sind jetzt noch kein Thema. Nur wir drei sind wichtig. Tom bringt anschließend Jakob in den Kindergarten. Die Zeit nutze ich, um die Wohnung aufzuräumen, bevor ich selbst in die Galerie gehe. Von schöner Kunst und Kunstliebhabern umgeben zu sein, erfüllt mich mit ungeheurer Freude, ich bin in meinem Element.

Am Nachmittag genieße ich die Zeit mit Jakob. Ich bin zufrieden, geduldig und voller Vorfreude auf den Abend, den wir zusammen als Familie verbringen werden. Tom kommt gerne früher nach Hause und ist glücklich darüber, nun die Balance zwischen Business und Familie hinzukriegen. Meine Dankbarkeit für alles, was er uns ermöglicht, meine Ausgeglichenheit und Gelassenheit haben Auswirkungen auch auf ihn. All die liebenswerten Charakterzüge, die mich in seinen Bann gezogen haben und in die ich mich verliebt habe, kommen wieder zu alter Blüte. Tom ist wieder wie früher vielseitig interessiert, aufmerksam und präsent.

Ich fühle mich wieder sicher, geborgen und geliebt. Ich kann wieder Verständnis dafür aufbringen, wenn Tom doch mal mehr Zeit im Büro verbringen muss. Wir teilen uns gegenseitig unsere Wünsche mit – nicht als Forderung oder Erwartung. Keiner von uns ist für das Lebensglück des anderen zuständig. Wir ergänzen uns.

Es fühlt sich so an, als wären wir frisch verliebt. Nichts kann uns davon abbringen, dem anderen eine Freude zu machen. Die Krönung unserer Liebe – abgesehen von Jakob – ist: Wir wollen heiraten. Ich bekomme meinen langerträumten Heiratsantrag von Tom.

Wir feiern im Sommer unsere Traumhochzeit, in kleinem Rahmen auf einer Almhütte mit unseren Liebsten. Weit und breit nichts als Berge, Wälder und Wiesen. Dort können wir unser Glück ungestört feiern. Ich trage ein weißes Sommerkleid und ein Krönchen aus bunten Wiesenblumen. Tom hat seine Leinenhose hochgekrempelt und läuft barfuß herum. Alle unsere Gäste genießen den Tag und freuen sich mit uns. Es wird durchgehend gegrillt, jeder darf essen und trinken, wann immer er Appetit hat. Unsere Hochzeitstorte ist ein riesiger Erdbeerkuchen in Herzform. Ein altes Weinfass ist halbgefühlt mit Eiswürfeln, so hält es eine Menge süßer Wassermelonen kühl.'

Marie nimmt mehr und mehr die Schmetterlinge in ihrem Bauch wahr. Plötzlich ist es wie vor ein paar Jahren, als sie sich sofort in Tom verliebte. Sie spürt auf einmal das Verlangen, ihre Gefühle mit Tom zu teilen.

‚Warum damit länger warten?', denkt Marie und schreibt ihm die erste Nachricht, seitdem sie am Vortag wütend und wortlos das Haus verlassen hatte: „Hey du, es tut mir leid, wegen meines Verhaltens von gestern. Ich habe mich mal wieder dafür entschieden, einfach beleidigt zu sein, anstatt dir zu sagen, was mich dermaßen verstimmt hat. Da war einmal die Tatsache, dass du deine Mountainbike Tour an meinem Geburtstag geplant hast. Mein erster Impuls war: Wie kann er nur meinen Geburtstag vergessen? Bedeute ich ihm so wenig?

Jetzt weiß ich, dass es mir um etwas anderes geht. Ich wäre sehr glücklich, wenn wir meinen Geburtstag zusammen verbringen würden. Wir mit allen unseren Freunden. Ich freue mich auf dich, mein Engel."

In dieser Nacht kann Marie ihre Gedanken endlich loslassen und mit einem Lächeln auf den Lippen einschlafen.

‚Nur ein richtiges Wunder könnte mir helfen, aus dieser Misere herauszukommen und alles wieder gutzumachen', denkt Lia um dieselbe Zeit in ihrem Zimmer. ‚Wie gerne würde ich an ein Wunder glauben können!'

Ihre sachliche Art, die Dinge anzugehen, erlaubt es ihr allerdings nicht, mit offenen Augen zu träumen. Die Fakten sprechen für sich.

,Man hört immer wieder von Leuten, die von lauter Liebe den Verstand verloren haben. Ich habe es wohl fertiggebracht, vor lauter Verstand und Ego-Getue die Liebe meines Lebens zu verlieren. Ich habe mich von einer Laune, vor einem oberflächlichen Flirt blenden lassen.

Ich habe es erlaubt, dass meine Unsicherheit Oberhand gewinnen konnte und die Führung in meinem Leben übernahm. Ich war auf Dauerjagd nach Lob und Applaus, nach Komplimenten von außen. Ich habe viel zu lange gedacht, ich sei der Mittelpunkt, und mich auch viel zu oft mit anderen verglichen. Ich bin viel zu lange einem Ideal hinterhergerannt.

Max hat mir Halt gegeben, ohne jemals zu versuchen mich festzuhalten.

Dabei habe ich ihm viel zu selten gesagt, dass ich glücklich bin und dass das auch an ihm liegt. Ich habe ihn viel zu selten gefragt: „Wie geht es dir?" Ich habe viel zu lange ignoriert, dass unsere Liebessprachen verkümmerten.

Wie konnte ich nur das alles zulassen und mich für …
– ja, wofür eigentlich – entscheiden? Es müsste jetzt schon ein Wunder passieren …, ach, wenn ich nur daran glauben könnte …'

Lia ist daran gewöhnt, einzig und allein auf Fakten und Tatsachen zu schauen. Und doch hat sie selbst in der Kanzlei oft genug erlebt, dass aussichtslose Situationen eine unerwartete, nicht geahnte positive Wendung nehmen konnten.

,Die Fakten mögen gegen mich sprechen, aber ich kann es doch einfach mal versuchen', spricht sich Lia Mut zu.

,Wenn heute Nacht ein Wunder geschieht …' – zaghaft erlaubt Lia, dass ein innigster Wunsch Konturen annimmt – ,dann lebe ich wieder in einer glücklichen Beziehung mit Max. Ich genieße seine Leichtigkeit und seinen Optimismus, die auf mich abfärben. Jeder neue Tag soll das Beste für uns bringen. Was ich alles geglaubt habe, für mein Glück zu brauchen, das spielt keine Rolle mehr. Ich beende das Buhlen um Komplimente und Schmeicheleien. Mein Wissen und mein gesunder Ehrgeiz reichen aus, um mir die nötige Anerkennung in der Kanzlei zu verschaffen.

Wir erfüllen uns den Traum von einem Haus am Waldesrand mit Blick auf Wasser. Ich liebe es, morgens mit Max durch den Wald zu joggen. Der kleine Garten hinterm Haus ist mein ganzer Stolz. Logik und Perfektion haben hier keinen Platz. Es geht um Ruhe und Genuss, um Farbe und um Leben. Max und ich genießen wieder unbeschwert die Zweisamkeit und die Vertrautheit, die uns, vom ersten Moment unserer Begegnung an, verbunden hat.

Die kurzzeitig falsch gestellten Weichen sind vergessen. Wir gestalten die Zukunft neu' – all dies geht Lia durch den Kopf.

Sie merkt jetzt, dass sie lächelt und zugleich weint. Es ist wie ein Sommerregen mit Sonnenschein. Und es liegt Hoffnung, vielleicht sogar das Versprechen in der Luft, dass bald alles wieder gut wird.

Emma muss vor Freude glucksen. Es war ursprünglich gar nicht ihre Absicht, Lia und Marie mit ihrem neu erworbenen Wissen rund um Paarbeziehungen zu konfrontieren.

Sie selbst ist ja auch erst ein Neuling im Umgang mit dieser veränderten Betrachtungsweise, doch sie traut sich, mutig neue Wege zu gehen.

Sie selbst hatte Angst vor Neuem und Angst vor Einsamkeit. Sie hatte Angst, sich zu verlieren, und sie hatte noch mehr Angst vor Verrat und Lügen. Doch sie hatte auch Angst, etwas zu verpassen oder das falsche Leben zu führen.

Emmas Lieblingsmotto war lange Zeit: „Was großartig ist, kann nicht artig sein." So konnte sie rastlos, unbekümmert und scheinbar emotional unberührt die Flirts mit Männern genießen. Sie erlaubte sich einfach das Gefühl und genoss es, fast mit der wiedererwachten Unbeschwertheit eines Teenagers.

Mit Henry, einem charmanten Barkeeper, den sie ein paar Monate lang gedatet hatte, spielte sie in einem Möbelhaus Verstecken. Dann wieder saßen sie stundenlang im Auto, hörten laut Musik und knutschten. Sie hatte auch Spaß daran, mit Elias, einem Informatikstudenten, auf einem Spielplatz zusammen zu schaukeln und dabei Händchen zu halten.

Emma ist auf diese Weise so manchen vierzigjährigen Jungs und so manchen fünfundzwanzigjährigen Männern begegnet. Sie genoss vergnügt die schöne Zeit und zog dann einfach weiter.

Und jetzt, seit ein paar Wochen, kennt sie die Antwort auf ihre Wunderfrage. Sie lautet: „Ich traue mich zu vertrauen." ‚Ich bin überzeugt', sagt sich Emma, ‚die Unnahbare zu spielen hat ausgedient.'

Ich vertraue darauf, dass David es ernst mit mir meint. Dass er mir ehrlich und fair begegnet und wir eine Beziehung auf Augenhöhe führen können.

Wir sind beide der Meinung, dass wer wirklich liebt, nicht verzichten muss. Wer wirklich liebt, lässt Freiheit zu und hat Vertrauen.

Wir sind nicht gleich. Und das ist auch nicht notwendig, denn wir ergänzen uns perfekt.

Beim ausgiebigen Frühstück der Mädels am nächsten Tag liegt etwas Magisches in der Luft. Die spürbare Vorfreude der Veränderung, der Mut, die Spielkarten neu zu mischen und die neuen Chancen zu nutzen – all dies beherrscht die Stimmung und inspiriert das Tischgespräch.

Später, während der Rückfahrt, kehrt dann doch Stille ein. Keine bedrückende, sorgenvolle Stille, und auch nicht eine Stille, weil alles gesagt ist. Vielmehr genießen die Mädels den Moment und hängen ihren eigenen Träumen nach.

Wenn du es träumen kannst, kannst du es wahr werden lassen

In der Stadt scheint es nur noch zwei Menschen zu geben: Emma und David. Sie genießen stundenlange Spaziergänge, gefolgt von ebenso langen Telefongesprächen. Es gibt für beide nichts Besseres, als die Zeit miteinander zu verbringen. Alle anderen Gedanken verschwinden. Ein paar Tage ohne David kommen Emma wie Wochen vor. Sie verliert sich in Tagträumen und blickt ständig grinsend auf ihr Handy. Unzählige Nachrichten fliegen hin und her, denn alles, was sie erlebt oder denkt, will sie mit David teilen.

‚So fühlt sich Verliebtsein an. Warum sollte ich länger warten und vorsichtig sein?', denkt Emma eines Tages im Büro und greift zu ihrem iPhone.

„Ich hatte Angst vor Nähe und ich war gerne allein, doch dann traf ich dich", schreibt sie. Es ist Emmas Art zu sagen: „Ich habe mich in dich verliebt."

Die nächsten Stunden verbringt sie damit, auf eine Antwort von David zu warten. Die Zeit vergeht sehr langsam, wie immer, wenn man auf etwas wartet ….

Jede ankommende Nachricht, jede Vibration ihres Handys bringt ihr Herz zum Rasen. Und mit jeder Minute, die ohne eine Antwort von David vergeht, steigt die Unruhe in ihr. Sie sucht nach Ablenkung, denn sie merkt, wie sie der Mut verlässt und schmerzhafte Fragen in ihr aufsteigen. Hat sie einen Fehler gemacht? War sie zu schnell? Zu forsch? Und überhaupt, hat sie David vielleicht falsch eingeschätzt?

Plötzlich sieht sie sich in der Zeit zurückgeschleudert. Sie erinnert sich an die Nacht, als sie Tobys Lüge erfahren hatte, und schlagartig entsteht, aufgrund dieser schmerzhaften Erfahrung, ein verzerrtes Bild der jetzigen Situation.

Der panische Anruf bei Marie kann sie auch nicht wirklich beruhigen. Die Angst verletzt zu werden, fräst sich mit aller Brutalität durch ihren Körper hindurch. Plötzlich ist ihr eiskalt und ein Knoten in ihrem Hals schnürt ihr die Luft ab.

„Glaubst du, dass ich in eine Art Sex-Trance verfallen bin? Ich meine, weil der Sex so unglaublich ist, sehe ich vielleicht etwas in ihm, was gar nicht da ist?", fragt sie ihre beste Freundin Marie.

„Liebes", versucht Marie, sie zu beruhigen, „es kann so viele Gründe geben, warum er sich noch nicht gemeldet hat", antwortet sie und hofft Recht zu behalten.

„Und was ist, wenn er zu den Männern gehört, die dir eine gemeinsame Zukunft vortäuschen, um einfach schnell zu bekommen, was sie wollen?", fragt Emma voller Zweifel.

Als würde David ihren Gedanken widersprechen wollen, ruft er schließlich an. Stundenlang hat Emma auf seinen Anruf, auf ein Zeichen von ihm gewartet. Jetzt, da er sich endlich meldet, schaut sie auf das Display ihres iPhones und … antwortet nicht. Im Minutentakt meldet sich David nun immer und immer wieder. Emma fühlt gleichzeitig widersprüchliche Emotionen. Tief in ihr drinnen spürt sie Erleichterung und Glück. Ihr Bekenntnis hat David nicht von ihr vertrieben. Doch der Wille, die Kontrolle zu behalten und nicht den Anschein zu erwecken, „die Wartende" zu sein, ist stärker. Emma entscheidet sich dafür, unerreichbar zu sein.

Blitzartig schießen ihr Dr. Sommers Fragen durch den Kopf: „Spielen Sie Spielchen, wenn Ihnen ein neuer Mann begegnet? … Was meinen Sie wohl, was Sie dadurch bekommen? … Genau das, was Sie säen. Nämlich Spielchen."

Sie schafft es trotzdem nicht, über ihren Schatten zu springen, oder ihre Angst zu überwinden und Davids Anruf anzunehmen.

Emma merkt nicht, dass sie dabei ist, gefährliches Terrain zu betreten.

Marie fühlt sich wieder vom Glück umgarnt. All die Vorwürfe, Missverständnisse und Spannungen, die sie in den letzten Jahren immer weiter weg von ihrem Traumleben entfernt haben, sind wie weggezaubert. Die klare, vertraute, respektvolle Liebe ist wieder eingezogen.

Marie ist immer noch erstaunt, wie zart die Grenze zwischen einer liebevollen, harmonischen Beziehung und Frust, Tränen und Anklagen sein kann.

„Es ist mir immer noch unangenehm zugeben zu müssen, dass vor allem ich diejenige war, die aus dem Takt getanzt ist und unsere Harmonie gestört hat", vertraut sie eines Tages ihrer besten Freundin Emma an.

„Und ich bin immer noch geflasht von dieser neuen Seite an dir. Der selbstlose Unschuldsengel achtet jetzt darauf, dass sich auch die eigenen Flügel entfalten können", zollt ihr Emma ihre Anerkennung. „Aber, sag mir … warum ist es für dich so wichtig zu heiraten?", will sie wissen.

Emma gehen dabei die vielen Paare durch den Kopf, die miteinander glücklich waren, bis sie sich entschieden haben, ihre Beziehung mit einer Unterschrift zu besiegeln und für „immer" glücklich zu sein. Ändert eine Hochzeit womöglich die Besitzansprüche an den Partner? Fühlt man sich sogar, wie nach einem endgültig abgeschlossenen Geschäft, „sicher" und hört man deswegen auf, sich um den Partner zu bemühen?

Marie überlegt, und Emma kann ihr ansehen, dass allein der Gedanke an ihre Hochzeit sie bereits mit Glück erfüllt.

„Mein Wunsch zu heiraten", sagt Marie schließlich, „hat nichts mit Besitzdenken zu tun. Es geht um Verbindlichkeit in unserer Beziehung. Wer ist Tom eigentlich für mich? Und was bin ich für ihn? Können wir uns aufeinander wirklich verlassen? Ich bekenne mich dadurch zu Tom und ich entscheide mich, mit ihm zusammen den weiteren Weg unseres Lebens zu gehen.

Natürlich kann ich nicht mit absoluter Sicherheit sagen, dass wir den Rest unseres Lebens zusammenbleiben werden. Aber mit dem Heiraten besiegeln wir unsere Entscheidung, es zu wollen."

„Das macht Sinn", nickt Emma zustimmend. „Wenn ich eine Vision habe, ein großes Ziel, ein Projekt, dann weiß ich am Anfang auch nicht ganz sicher, ob es mir gelingen wird, mein Ziel zu erreichen. Aber wenn ich es erst gar nicht probiere und dafür bedingungslos mein Bestes geben will, werde ich höchstwahrscheinlich nur Mittelmäßiges erreichen."

Marie ist inzwischen dankbar, dem Impuls gefolgt zu sein, auf ihre Gedanken zu achten. Schnell wird ihr bewusst, dass nicht die Umstände, nicht allein Toms Verhalten für ihr Unglück verantwortlich waren. Vielmehr war die Bedeutung, die sie diesen Umständen gab, der Grund für ihre quälenden Gefühle. Sie spürte in sich Traurigkeit und Enttäuschung aufsteigen, Unverständnis, Verlustangst und Wut. Sie entfernte sich emotional immer mehr von Tom. Der wiederum sah sich auf der Anklagebank und flüchtete sich noch mehr in seine Arbeit.

Was dabei herauskam, war eine nach außen hin scheinbare Bilderbuch-Beziehung, in der es doch unbewusst erheblich knirschte, weil diese Beziehung so voller unausgesprochener, unerfüllter Bedürfnisse und Emotionen steckte.

Und so schloss sich der Kreis von Maries Gedanken. SIE hatte es in der Hand, SIE konnte den Unterschied ausmachen. Dr. Sommer hatte einmal gesagt: „Es reicht, wenn einer der Partner sein Verhalten ändert und den Anfang zur Veränderung wagt."

Eine Idee beschäftigte Marie ganz besonders. Nach dem Wanderwochenende mit den Mädels war das Thema „Wunderfrage" nicht das Einzige, was ihre ganze Gedankenwelt auf den Kopf stellte.

Auch der Podcast, den sie am ersten Abend in Emmas Zimmer zusammen gehört hatten, hatte sich in ihr Gedächtnis eingebrannt. Ganz besonders klang in ihr noch immer die Passage nach: „Wir sollten unseren Partner nicht hinter unseren Vorstellungen verschwinden lassen. Oft sind wir fest davon überzeugt, seine Persönlichkeit genau zu kennen und meinen genau zu wissen, wie er tickt. Die Karte ist aber nicht die Landschaft. Das Bild, das wir von unserem Partner haben, ist nicht der Partner selbst."

Sie hatte tatsächlich angenommen, Tom in- und auswendig zu kennen. Sie hatte angenommen, dass sich seine Ziele und Träume lückenlos mit ihren eigenen Wünschen decken würden. Jetzt aber wollte sie wissen, wer Tom wirklich war, seine Gedanken, seine Ziele, seine Ängste kennenlernen.

Anfangs kam es beiden irgendwie seltsam vor, sich regelmäßig für ein Zwiegespräch zu verabreden. Es kostete sie beide viel Disziplin, sich minutenlang abwechselnd zuzuhören, bei sich zu bleiben und der Versuchung nicht nachzugeben, sich gegenseitig mit Rechtfertigungen und Vorwürfen zu unterbrechen. Diese Regeln waren nicht zu verhandeln. Es ging alleine darum, die eigene Gefühle, Wünsche und Gedanken mitzuteilen. Der Sinn des Zwiegespräches war es keinesfalls, dem Partner ungestört Vorwürfe zu machen. Eventuelle Antworten waren erst einen Tag später erlaubt.

Und siehe da …, die Zeit beruhigte die Gemüter, entschärfte viele Themen, meist brauchte es keinen weiteren Kommentar.

Und so begannen beide zu begreifen, dass sich hinter den Tränen, der Wut, den Vorwürfen, allein die Angst „nicht gesehen zu werden", verbarg.

Es sind viele Tage vergangen seit Emmas panische Reaktion, die sie gewissermaßen eiskalt erwischt hat. Immer wieder fragt sie sich und versucht zu verstehen, wieso sie immer noch so sehr von ihrer Angst, verletzt zu werden, beherrscht wird.

Sie erinnert sich an den Schmerz, den sie damals, in der Nacht, als sie erfuhr, dass sie einer Lüge aufgesessen war, schnell aus ihrem Bewusstsein verbannt hatte. Nun wird ihr schlagartig klar, dass die kalte Angst, nicht aufregend oder gut genug zu sein, sich die ganzen Jahre über regelrecht in ihrem Herz festgekrallt hatte. Sie hat sich oft eingeredet, dass sie niemanden brauche, schnell ist sie immer wieder weitergezogen, weil tief in ihr der Glaube schlummerte: „Wenn diese Männer mich wirklich kennen würden, würden sie mich alle langweilig finden."

Sie wusste inzwischen, dass ihre Angst, Davids Gefühle falsch eingeschätzt zu haben, unbegründet war. Und doch hatte schon diese winzige Unklarheit in seinem Verhalten gereicht, um sie dermaßen aus der Bahn zu werfen. All die Fragen, auf die sie tagsüber keine Antworten finden konnte, verfolgten sie auch noch bis tief in die Nacht.

Emma hat einen glasklaren Traum: Sie sieht eine Vitrine voll mit feinstem Gebäck. Sie steht lange davor, bewundert die kleinen Köstlichkeiten und kann sich doch für keine davon entscheiden. Der Traum endet, ohne dass sie sich etwas ausgesucht hat. Später, nach dem Aufwachen, liest sie neugierig auf eine online Seite nach, was dieser Traum bedeuten könnte: „Der Kuchen übersetzt meist das Süße, das uns das Leben verspricht. Die Fragestellung dabei ist: Verdiene ich es, glücklich zu sein? Darf ich mich fallenlassen?"

Emma wird vorsichtig. Beim Ausgehen, quasi im Schutz des Samstag-Nacht-Glamours, genießt sie zwar das Gefühl, begehrt zu werden, wenn die vielen bewundernden Blicke sie treffen, doch sie kann dabei auch schön unnahbar bleiben.

Obwohl es für sie fest steht, dass Vertrauen nicht über Kontrolle zu erreichen ist, dass ein gläserner Partner und absolute Transparenz nicht ihrer Vorstellung von einer guten Beziehung entsprechen, wagt sie dennoch nicht, David zu vertrauen.

Doch was bedeutet für sie die Wunderfrage? Ja, auch sie will nun einen neuen Weg gehen, sich selbst treu bleiben, mutig sein, aufrichtig und unvoreingenommen. Emma will nicht mehr an ihrer Angst und ihren Bedenken festhalten, sie möchte sich davon lossagen.

Wieder und wieder lässt das letzte Gespräch mit Dr. Sommer in ihrem Kopf Gedanken Revue passieren. „In Sachen Vertrauen", hatte Dr. Sommer gesagt, „kann man nur in Vorleistung gehen. Wer ständig wissen will, wo, wann und mit wem der Partner gerade zusammen ist, kann nicht von Vertrauen sprechen. Zu behaupten: ‚ich vertraue dir, dass du mich nie verletzen wirst', ‚ich vertraue dir, dass du immer nach meiner Vorstellung entscheiden wirst', entlarvt die eigene Unsicherheit und den Versuch, den Partner zu manipulieren." – Klare Worte von Dr. Sommer!

Wochenlang lässt sie sich trotzdem wieder von ihren alten Mustern mitreißen und treibt David regelrecht in die Verzweiflung.

Als Journalist verbrachte er sein Leben damit, hellhörig und aufmerksam zu sein, alle Informationen aufzuschnappen und Schlüsse daraus zu ziehen. Trotzdem ahnt er nicht, dass seine verzögerte Antwort auf Emmas Liebesgeständnis der alleinige Grund für ihr neues unterkühltes Auftreten ist. Er ist sich seiner Gefühle für Emma jedenfalls sicher und er ist überzeugt, diese Gefühle mit seinem Verhalten auch immer deutlich gezeigt zu haben.

Emmas Grübeln, ihre ausweichenden Antworten und ihre unbeständige Art während den letzten Wochen ließen allerdings auch bei ihm tausende Fragen aufkommen. Er hätte so gerne einen Blick in ihren Kopf geworfen.

Bei einem gemütlichen Sonntagsfrühstück nimmt David schließlich all seinen Mut zusammen und sagt: „Uns beide gibt es inzwischen nur samstags auf schicken Events. Manchmal auch sonntags, beim Frühstück. Aber niemals Montag. Montag mit dir aufzuwachen wäre schön", sagt David und hält dabei Emmas Hand.

In ihren Augen glitzert es verräterisch, und jetzt wagt auch sie schließlich, ihm anzuvertrauen, was ihr auf die Zunge brennt. So erfährt David, welche Gedanken, welche früheren Erfahrungen, welche Gefühle Emmas Verhalten geleitet haben. Er erfährt, dass Emma eine riesige Angst, wieder verletzt zu werden, aber auch eine große Sehnsucht nach einer vertrauten Beziehung in sich trägt.

„Ich weiß", so schließt Emma, „es braucht eine Weile, bis eine neue Liebe ein echtes Zuhause wird. Ich weiß, dass Entscheidungen nie mit einer Garantie verbunden sind." Doch dann gibt sie ihrem inneren Impuls nach. ‚Ich vertraue auf mein Gefühl' – mit diesem Gedanken lässt sie sich schließlich in Davids liebevolle Umarmung fallen.

Die letzten Wochen verbrachte Lia unter Dauerqualen. Sich auf das Gedankenspiel mit der Wunderfrage einzulassen und von einem Neuanfang mit Max zu träumen, waren eine

Sache, der graue Alltag und die Realität eine andere. Schnell haben sie diese wieder eingeholt.

Sie hatte Max verletzt, ihn lange in Unwissenheit gelassen, sein Verständnis und seine Geduld bis ins Letzte ausgereizt. Zu hoffen, dass es einen Weg zurück geben könnte, das traute sie sich aber nicht. Max hatte oft in schwierigen Momenten gemeint: „Wir packen das." Würde er das auch diesmal noch sagen? Würde er tatsächlich noch an ihre Liebe glauben können?

Wie so oft, erwartet sich Lia Trost, Verständnis und einen guten Rat von ihrem alten Freund Paul. Zusammen schlendern sie durch den vorweihnachtlichen Trubel in der Innenstadt. Sie lassen die Eiligen vorbeiziehen und genießen den Spaziergang.

„Ich kann lange auf ein Wunder hoffen, das Leben lacht darüber", sagt Lia und blickt verträumt auf die Lichter in den Schaufenstern.

Paul bleibt stehen, schaut ihr in den Augen und lässt seinem Unmut freien Lauf: „Seit wann glaubst DU daran, dass irgendetwas geschehen kann ohne dein Zutun? Ich kann es nicht mehr mit ansehen, wie du verängstigt abwartest und hoffst, dass Max den ersten Schritt macht", sagt er mit einer Mischung aus Ungeduld und Mitgefühl.

„Ich wage es nicht zu glauben, dass ich sein Vertrauen zurückgewinnen könnte. Ich habe Angst, vor ihm zu stehen und von ihm zurückgewiesen zu werden", flüstert Lia mit tränenerstickter Stimme.

Paul lässt sich davon erweichen, legt seinen Arm beschützend um ihre Schultern und versucht sie zu trösten und ihr Mut zuzusprechen: „Eine ehrliche Entschuldigung löscht nicht die Vergangenheit, sie kann die Verletzungen und Enttäuschungen nicht ungeschehen machen, aber sie kann der Anfang sein, eure Zukunft neu zu gestalten."

„Mmmhhh", antwortet Lia und nickt zögerlich, dann zustimmend.

„Komm, ich lade dich auf einen Glühwein ein", sagt sie plötzlich ganz fröhlich und zieht Paul durch die Menschenmenge in Richtung eines bunt beleuchteten Häuschens.

Kurze Zeit später kommt sie zurück mit zwei Tassen, gefüllt mit süß duftendem heißen Glühwein.

„Schau mal, was da steht", sagt sie lächelnd und macht Paul auf seine Tasse aufmerksam. ‚Die Welt ist schön, weil Du mit drauf bist!', ist da mit bunten Buchstaben auf der Tasse geschrieben. „Ich danke dir für alles", sagt sie und küsst ihn liebevoll auf die Wange.

„Und jetzt, sag mir mein Freund", fängt Lia mit gespielten ernsten Ton an, „wie kommt es, dass einem Mann wie dir die Frauen reihenweise weglaufen?"

Paul verschluckt sich beinah an dem heißen Glühwein, denn diese Frage hatte er jetzt absolut nicht erwartet.

„Nun, … ich werde dir jetzt mein seit Monaten gut gehütetes Geheimnis verraten", antwortet Paul und lässt Lia, die ihm einen erstaunten Blick zuwirft, noch ein wenig schmoren.

„Nun sag schon!", fragt sie ungeduldig.

„Ich habe mir diese Frage auch schon vor längerem gestellt. Ich meine – stimmt mit mir was nicht?", scherzt Paul und stellt so erneut Lias Geduld auf die Probe.

„… Ich habe die letzten Monate fleißig nach Antworten gesucht und habe mir dabei von eurer geliebten Frau Dr. Sommer helfen lassen."

„Cool", ruft Lia. „Uuund …?" – Jetzt kann sie ihre Neugierde kaum mehr bändigen.

„Alles *still in progress*", sagt er und hebt dabei entschuldigend die Hände, „aber: die Kurzfassung ist …" – Paul trinkt noch einen Schluck seines Glühweins und atmet tief ein und aus – „ich projiziere die Bedürftigkeit, die ich als Kind bei meiner Mutter erlebt habe, auf jede meiner Partnerinnen. Ich fühle mich immer für ihr Glück verantwortlich. Das geht allerdings soweit, dass sie sich schnell eingeengt und bevormundet fühlen. Ich empfinde mein Verhalten jedoch als Liebesbeweis, und je mehr sich meine Partnerin zurückzieht, desto mehr lege ich mich ins Zeug."

„Klingt nach Teufelskreis", sagt Lia und prostet ihm zu. „Aber ich finde es großartig, dass du die Sache angehen willst und bin sehr gespannt auf deine nächste Liebe."

„Darauf trinken wir", zwinkert ihr Paul zu. Seine nächste Beziehung will er wirklich bewusster eingehen.

Die Weihnachtsfeiertage bringen etwas Ruhe in Lias Leben – aber auch mehr Zeit zum Nachdenken, zum Grübeln, zum Abwägen. Da ist der traditionelle Weihnachtsbrunch bei Marie eine willkommene Abwechslung.

Zum ersten Mal seit dem Gartenfest im Sommer kommt die Clique wieder zusammen. Seit jenem Gartenfest war in Lias Leben kein Stein mehr auf dem anderen geblieben, es hatte sich alles verändert.

Marie und Tom gehen sichtlich harmonisch und liebevoll miteinander um, Emma und David sind frisch verliebt und machen kein Geheimnis daraus. Lia kommt in Begleitung von Paul. Ihr Herz ist wund, doch das Glück ihrer liebsten Freunde mitzuerleben, tröstet sie.

„Meine Liebe", sagt Emma, die sich in einem ruhigen Moment neben Lia auf die Couch setzt, „ich weiß ziemlich genau, was du gerade durchmachst. Ich möchte dir nur eins sagen: Deine Angst zeigt dir den Weg."

Lia bedankt sich mit einer festen, liebevollen Umarmung. Es tut ihr gut, sich nicht allein zu wissen.

Das kurze Gespräch mit Emma arbeitet noch weiter in ihrem Kopf. ‚Sie hat absolut Recht', denkt Lia später zu

Hause. ‚Ich bin immer erst dann weiter gekommen, wenn ich trotz meiner Angst und Unsicherheit gehandelt habe. Wovor habe ich eigentlich Angst? Egal, was kommt, es kann nur besser werden als diese Ungewissheit … Ich muss mit Max sprechen!‘

Doch dann hört sie die Stimmen in sich, die sie so oft verunsichert hatten: ‚Wird er überhaupt mit dir sprechen wollen? Würde ich es an seiner Stelle wollen?, Versuch es erst gar nicht! Du blamierst dich nur! Was willst du schon sagen? Als ob er dir jemals wieder vertrauen könnte! Lass es doch einfach sein! Akzeptiere, dass du es vermasselt hast! NEIN! Glaube nicht alles, was du denkst! Du musst es versuchen! Trau deinem Gefühl und nicht deinen Gedanken! Gib nicht auf!‘

Lia spürt, wie ihre Wangen glühen, erst jetzt merkt sie, dass sie nervös an ihren Nägeln kaut.

‚Ok‘, sagt sie sich und sie gibt sich einen Ruck, ‚ich rufe Max an und sage ihm, dass ich an ihn denken musste. Dann frage ich, ob wir uns bald treffen könnten, ob er vielleicht vorbeikommen mag.‘

Lia nimmt ihren ganzen Mut zusammen und bevor sich der wieder verflüchtigt, schafft sie es, Max‘ Nummer zu wählen und tatsächlich den grünen Knopf zu drücken.

„Hey, cool, dass du anrufst! Freue mich über gute Nachrichten!“

Es ist nur die Ansage der Mailbox, aber seine Stimme zu hören, bringt sie schon aus dem Konzept.

„… Hey, ich bin‘s …“, ihr Mund fühlt sich staubtrocken an, ihre Stimme versagt, und Lia muss sich räuspern. „… ich vermisse dich so sehr“, schafft sie gerade noch zu sagen, bevor ihre Stimme erstickt und sie auflegt.

Lia lässt das Handy fallen, ihre Schläfen drohen zu platzen, Panik steigt in ihr auf.

„Nein!!! Das war grauenvoll! Wie einen Anruf im Vollrausch mitten in der Nacht! Was wird Max nur denken??"

Sie versucht sich zu beruhigen, atmet tief ein und aus, wäscht sich das Gesicht mit eiskaltem Wasser. Aber es hilft nichts.

Ihr Handy bleibt an diesem Abend stumm. Auch in den Tagen danach gibt es kein Zeichen von Max, Lia sieht keinen Sinn mehr daran, sich an diese letzte Hoffnung festzuklammern.

,Der letzte Tag des Jahres … Endlich!', denkt Lia, während sie ihren ersten Kaffee trinkt.

Sie ist sehr dankbar über Maries Vorschlag, das Jahresende zusammen zu verbringen. „Wir haben dieses Jahr viele Tränen zusammen geweint, so viel durchgestanden und auch Neues gewagt", sagte Marie bei ihrer Einladung. Da hatte sie allerdings Recht.

Lia schwelgt in Erinnerungen. Was für ein turbulentes Jahr! Sie hat so viele emotionale Hochs und Tiefs erlebt. Für eine Weile hatte sie den Überblick und das Gefühl über das wirklich Wichtige in ihrem Leben verloren. Und nun? Sie muss loslassen, nach vorne blicken und Vertrauen haben in etwas Neues, was da auch kommen mag.

Der letzte Tag im Jahr … Max und sie hatten an diesem Tag, jedes Jahr, ein lieb gewonnenes Ritual zelebriert. Sie hatten sich jeweils einen kurzen Brief geschrieben. Es ging um die Frage, was sie in ihrer Beziehung glücklich machte und was sie besser machen wollten.

Lia spürt, wie ihr die Tränen in den Augen steigen … Ein letztes Mal wird sie einen solchen Brief für Max schreiben. Einen Abschiedsbrief, am Ende des Jahres.

„Mein lieber Max, ich wünschte, ich könnte die Zeit zurückdrehen und alles bessermachen. Ich würde mehr Rücksicht nehmen und Dich mehr achten. Vielleicht könntest Du mir vergeben, wenn ich Dir besser erklären könnte, dass Du es bist, den ich wirklich will.

Ich würde so gerne wieder mit Dir Freudentränen lachen. Ich würde gerne wieder mit Dir groß träumen und in unserer Hängematte liegend gemeinsam die Sterne betrachten.

Nach dem Sturm ist eben alles leiser und klarer geworden. Und jetzt stelle ich fest, das Einzige was mir fehlt, bist Du.

Ich würde Dir noch vieles sagen wollen, wenn ich die Chance hätte … Ich wünschte mir so sehr, Du könntest wieder an uns glauben.

Was mir jedenfalls bleibt, ist die Erinnerung an uns und das Leuchten in meinen Augen, wenn ich an Dich denke."

Heiße Tränen laufen ihr übers Gesicht und landen auch auf dem Brief an Max. Sie hatte geglaubt, sie hätte das Schmerzhafteste überstanden. Doch der Schmerz ist unverändert groß.

Lia faltet den Brief zusammen und stellt ihn auf die Kommode im Flur, so wie jedes Jahr. Dort hinterließen sie sich immer wieder kleine Liebesbotschaften oder auch mal ganz profane „to do" Listen.

Das Klingeln an der Tür reißt sie aus ihren Gedanken raus.

‚Ich erwarte niemanden', denkt Lia im gleichen Moment und ignoriert die Tür.

Ein zweites, längeres Klingeln lässt sie nachgrübeln ….

„Ja, bitte?", antwortet sie widerwillig durch die Gegensprechanlage.

„Ich bin's."

Ihr Herz fängt an zu rasen, es ist ihr heiß und ihre Hände zittern. Ihr Finger drückt automatisch auf den Türöffner, unzählige Gedanken jagen ihr durch den Kopf …: ‚Max! Wie sehe ich aus? Dieses Chaos, hier! Schnell aufräumen! Ich muss mich umziehen.'

Doch sie bleibt wie angewurzelt stehen. Sie kann sich nicht erinnern, die Wohnungstür geöffnet zu haben. Sie ist jedoch weit offen.

Sie kann Max nicht hören, wie er die Treppen hochrennt. Doch er steht plötzlich einfach vor ihr und ist außer Atem.

Worte kommen beiden erst noch nicht über den Lippen. Lia streckt ihm die Arme entgegen, als würde sie prüfen, ob er wirklich vor ihr steht. Sie umarmen sich und halten sich fest. Alles andere ist in den Hintergrund getreten. Es spielt jetzt irgendwie keine Rolle mehr, warum sie sich getrennt hatten. Sie schauen sich einfach nur glückselig an.

‚Wie konnte ich dich überhaupt loslassen?‘, ist der erste Gedanke Lias und sie kann ihr Glück überhaupt nicht fassen.

Sie nimmt schließlich ihren ganzen Mut zusammen. Sie spricht langsam, um nicht über ihre Gedanken zu stolpern. „Du … kommst … wieder nach Hause?“, fragt sie zögerlich. Zu groß ist die Angst, etwas falsch zu interpretieren.

„Ich bin wieder zu Hause“, antwortet Max mit fester Stimme.

Sie hätten beide nicht sagen können, wie lange sie einander in den Armen gelegen und ihr neues Glück genossen haben.

Irgendwann denkt Lia daran, Bescheid zu geben, dass sie zu Maries Fest zwar verspätet, aber in Begleitung kommt. Dazu schickt sie ein Bild von sich und Max. Zwei verheulte, glückliche Gesichter.

Als Antwort bekommt sie, binnen Sekunden, ein Bild von ihren jubelnden liebsten Freunden.

Erst jetzt merkt Lia, dass neben ihrem Brief an Max, auf der Kommode, ein anderer Umschlag liegt. Max hat ebenfalls an ihr geliebtes Ritual gedacht.

„Mein Sonnenschein“, schreibt Max, „dieses Jahr hat uns auf eine harte Probe gestellt … es war alles schwierig, es fühlte sich nicht gut an. Wir wollten beide Liebe, aber wir waren uns nicht genug.

Ich wünschte, ich wäre wacher gewesen und ich hätte Dir öfter gesagt, was ich sehe, wenn ich Dich anschaue.

Ich kann gar nicht sagen, wie oft ich Deine Nummer gewählt habe, wie oft ich Dir geschrieben und beinahe auf ‚senden‘ gedrückt habe, wie oft ich durch die Straßen gelaufen bin in der Hoffnung, Dir zu begegnen.

Wenn ich mit Dir zusammen bin, sehe ich das, was vor uns liegt und frage mich, was das Beste für uns sein wird. Ich schaue nicht zurück … Ich weiß, was ich fühle. Lass uns wieder an uns glauben!"

„Ich kann nicht aufhören, deinen Ring anzuschauen", sagt Lia begeistert und streckt ihren Arm nach Maries Hand aus. Ein Baguette-Diamant funkelt schlicht und elegant an ihrem Ringfinger. Marie strahlt einfach nur vor lauter Glück. Ihr langersehnter Wunsch zu heiraten geht nun in Erfüllung.

„Als du mich vor zwei Wochen angerufen hast, um mir davon zu erzählen", erinnert sich Emma, „konnte ich erstmal kein Wort verstehen! Hätte ich deinen Namen nicht auf dem Display gesehen, hätte ich gedacht, jemand will mich veräppeln. Ein einziges Jubeln und Kichern …"

Marie lächelt verschämt und ihre Wangen bekommen einen Hauch von Farbe. „Ich konnte damals in der Nacht kaum schlafen …, ich konnte es kaum erwarten, mein Glück mit der ganzen Welt zu teilen! Wir waren auf einem Hausboot am Bodensee. Tom bestand darauf, einen entspannten Abend nur mit mir zu verbringen. Keine anderen Gäste, keine Handys … Es wurde uns ein unglaubliches Abendessen vom Hotel, wo wir eigentlich übernachteten, direkt aufs Boot gebracht und festlich aufgebaut. Als wir vom Sonnendeck dazu kamen, waren ums Boot herum unzählige Wasserlaternen verteilt … Und ich erlebte, wie mein Traum wahr wurde", sagt Marie mit Freudentränen in den Augen und blickt auf ihren Verlobungsring. „Erst am nächsten Morgen, im Hotel, konnte ich dich anrufen … und da platzte ich einfach vor Glück!"

„Wie ist es möglich, dass ihr schon Anfang September eine Hochzeitsfeier plant?", fragt Lia erstaunt.

„Ganz einfach", antwortet Marie mit ihrer lieblichen Stimme, „zum Standesamt gehen wir schlicht an einem Dienstagvormittag, nur mit Jakob und unseren Eltern. Die Hochzeitsfeier findet ebenfalls im kleinen Kreis statt. Es wird ein entspanntes Grillfest auf der Berghütte sein. Kein Schloss, kein Hochzeitsplaner, keine hysterische Braut."

„Darauf trinken wir", prostet Emma den Freundinnen zu und das Klirren von drei Champagner-Gläsern läuten einen fröhlichen Abend ein.

Das Hotel mit Panoramablick auf die Zugspitze. Noch einmal sitzen die Mädels hier auf der Terrasse. Sie haben beschlossen, dass dieses Hotel ein würdiger Ort für ihr neues Ritual ist. Nach dem „Mädels-Wochenende" hier im letzten Herbst wollen sie nun regelmäßig, wie es sich für ein Ritual gehört, zusammen hierherkommen.

Jetzt sind sie da, um ihren Mut zur Veränderung zu feiern.

Der laue Sommerabend, der klare Sternenhimmel und die dezenten Jazzklänge im Hintergrund lassen sie nochmal gemeinsam die letzten Monate Revue passieren. Die obligatorische Flasche Champagner im Kühler verspricht einen genussvollen Abend.

„Wenn ich an das letzte Jahr zurückdenke, an alles, was sich verändert hat ….", fängt Marie an. Sie schüttelt überwältigt den Kopf und kann erst mal keine Worte finden, um ihre Freude auszudrücken. „Ich kann von mir behaupten", setzt sie erneut an, „dass ich eine Andere geworden bin."

„Inwiefern?", fragt Emma aufmerksam.

„Ich bin nicht mehr der Meinung, dass alleine die Liebe zueinander eine Beziehung leicht und schön macht und für immer leidenschaftlich und romantisch erhält. Eine gute Beziehung bedeutet nun einmal Arbeit, und das heißt aber nicht, dass die Romantik auf der Strecke bleiben muss", sagt Marie selbstsicher.

„Ich bin inzwischen überzeugt", fügt Emma hinzu, „dass wir unseren Partner gar nicht kennen, wenn wir seine Geschichte nicht kennen. Unsere früheren Erfahrungen sind eben nicht nur etwas Vergangenes. Die Person, die wir einmal waren, lebt weiterhin in uns und scheint immer wieder durch."

„Du hast vollkommen recht", bestätigt Marie, „ich habe am Anfang unserer Beziehung immer wieder behauptet, Tom und ich wären Seelenverwandte. Dabei kannte ich nur den ‚verliebten Tom‘, der mir anfangs jeden Wunsch in den Augen ablas und unbedingt erfüllen wollte. Erst als wir angefangen haben, uns viel voneinander zu erzählen, entdeckten wir neue Seiten an uns. Jetzt kann ich sagen, unsere hitzige Liebe ist gereift. Ich muss schon sagen, so manche Tränen, Enttäuschungen und Kämpfe würden uns erspart bleiben, wenn wir nicht im Glauben aufwachsen würden, dass Liebe nur Leichtigkeit, Leidenschaft und Romantik bedeutet …. Der Lieblingssatz meiner Kindheit: ‚Und sie lebten glücklich bis ans Ende ihrer Tage‘, steckt einfach nur voller Naivität!", beendet Marie ihr Plädoyer für mehr Achtsamkeit in der Liebe.

„Ich habe die Trennung von Max und den Schmerz gebraucht, um zu verstehen, dass ich zum großen Teil von alten Kindheitsprägungen manipuliert war. Ich habe als Kind oft Erwartungen erfüllt und war gewohnt, dafür gelobt und belohnt zu werden. Daran habe ich meinen Wert gemessen", sagt Lia heute selbstkritisch.

„Komplimente und Anerkennung schmeicheln sicherlich jedem", antwortet Emma.

„Sicher. In der Kanzlei hat das ja auch wunderbar funktioniert. Problematisch wurde es erst, als ich zu Hause unsicher wurde, weil mir Max diese Art von Bestätigung nicht hinterher getragen hat. Von ihm nicht ständig zu hören, dass ich dies und jenes toll gemacht habe, dass ich heiß aussehe, dass ich die Beste bin …, hat mich irgendwann dazu gebracht, seine Liebe in Frage zu stellen. Und nur deswegen war ich für Philipps Schmeicheleien empfänglich." Lia verdreht dabei die Augen, wohlwissend, wie unsinnig ihr Verhalten gewesen war.

„Das ist ganz sicher ein weit verbreitetes Phänomen", antwortet Marie. „wenn wir zu wenig Bestätigung in der Beziehung bekommen, fangen wir an, die Gefühle des Partners in Frage zu stellen. Es ging mir selbst genauso. Und später, ohne dass wir es gleich merken, öffnen wir uns nach außen, um diese Bestätigung eben von dort zu bekommen."

Emmas Augen strahlen beim Anblick der bestellten „österreichischen Tapas-Platte". Der reizende Kellner stellt sie in die Mitte des Tisches und fühlt die Gläser nach.

„Ich bin mit dem Spruch aufgewachsen: Nicht geschimpft, ist Lob genug", sagt Emma und beißt genüsslich in ein Mini-Wiener Schnitzel. „Das kann zu einer destruktiven Lebenseinstellung führen", fährt sie fort.

Die Mädels genießen die kleinen Köstlichkeiten und tauschen weiter ihre Gedanken aus. Es geht ihnen so allerlei durch den Kopf. Wir Frauen kommunizieren eben gerne. Oft tun wir es, um unsere Freundschaften aufzufrischen und zu stärken. Wir loben gerne, machen selbst an andere und hören auch gerne von ihnen Komplimente. Das bestätigt immer wieder unsere Verbundenheit.

Männer dagegen bleiben gerne sachlich. Es ist für sie eine „klare Sache", dass sie ihre Frau lieben und schätzen. Sie haben die Frau schließlich geheiratet oder sind eine feste Beziehung mit ihr eingegangen; sie sind ja auch da! Es gibt daher keine Notwendigkeit, das immer wieder zu beteuern. Männer äußern ihre Gefühle oft durch das, was sie tun. Sie versorgen die Familie, bauen ein Haus, reparieren den tropfenden Wasserhahn und drücken damit ihre Liebe und Zuneigung aus.

„Ich finde es faszinierend", sagt Lia und lehnt sich entspannt an ihrem Sessel zurück, „wie schmal der Grat sein kann zwischen einer ernsten Beziehungskrise und einem Heiratsantrag."

„Ich habe es auf schmerzliche Weise selbst erlebt", ergänzt Marie, „dass es nichts bringt, unbedingt die Harmonie erhalten zu wollen auf Kosten der eigenen Bedürfnisse. Gleichzeitig tun wir gut daran, uns nicht zu sehr an Kleinigkeiten festzubeißen. Mit Nörgeln und ständiger Kritik erreichen wir nur noch mehr von dem, was wir gar nicht wollen."

„Es macht allerdings genauso wenig Sinn, das, was uns am Partner stört, nicht anzusprechen, weil es ‚nur' Kleinigkeiten sind. Stören tun sie uns ja doch, weil wir immer wieder darüber ‚stolpern'", gibt Lia zu bedenken.

„Da bin ich voll bei dir", bekräftigt Marie. „Es geht darum, in welcher Atmosphäre und in welchen Ton die ‚Schwierigkeiten' angesprochen werden. Damit meine ich weder Berechnung noch Strategie, um dem anderen zu schmeicheln und ihn zu manipulieren."

„Dazu habe ich von Dr. Sommer einen neuen Begriff gelernt: Achtsamkeit. Es geht ganz einfach um Achtsamkeit", erklärt Emma. „Wir nehmen das Gute oft als selbstverständlich und wenn etwas nicht passt, widmen wir dem eine besondere Aufmerksamkeit. Dann sehen wir nur noch ein Glas, das ‚halb leer‘ ist.“

„Davon kann ich ein Lied singen“, gibt Marie zu. Lia schließt sich mit einem deutlichen Nicken an.

„Und es ist im Nachhinein nicht einfach, den Schaden wieder gut zu machen“, gesteht Lia. „Meine ständigen Beteuerungen, dass ich ihn nicht verletzen wollte, waren für Max nicht tröstlich. Ich habe ihn nun mal mit meinem Verhalten unglaublich verletzt. Das musste ich erst anerkennen. Denn, es war nicht meine Entscheidung, wie Max mein Tun zu empfinden hatte. Wir haben lange klärende Gespräche geführt und ich habe meinen Fehler bewusst zugegeben.“

„Darum kommt man nicht herum“, versichert Emma. „Die Zeit alleine heilt keine Wunden. Es geht nicht, so zu tun, als wäre nichts geschehen, das ist, als ob man ein Pflaster über eine noch unversorgte Wunde kleben würde.“

„Eben. Und so musste ich mich erst um meine eigenen alten Verletzungen aus meiner Kindheit kümmern. Ich musste mich wieder daran erinnern, dass damals einen Fehler zuzugeben hieß, dass ich mit Hausarrest, extra Hausaufgaben oder Beschämung und Herablassung bestraft wurde. So wurde für mich auf einmal klar, warum es mir die ganze Zeit so wichtig gewesen war, die Unfehlbare, die Miss Perfekt zu sein“, so die sehr ehrlichen Worte von Lia.

Es wurde noch ein zauberhafter Abend zu dritt, voller Köstlichkeiten, reichlich Champagner und wunderbaren Gesprächen mit unschätzbar wertvollen Einsichten.

Am nächsten Morgen verlassen die drei nach dem Frühstück gut gelaunt, wieder versehen mit einem wunderbaren Lunch-Packet, das Hotel.

Wieder geht es vorbei an die Holztafel mit der Inschrift: „Verbringe etwas Zeit in der Natur und du wirst alles besser verstehen." Und sie nehmen wieder den Weg, der eine leichte Wanderung verspricht. Es dauert nur wenige Minuten, bis die Stille einkehrt und die drei ihre Aufmerksamkeit auf ihr Inneres und das tiefe Glücksgefühl in sich richten.

***

Podcast Dr. Sommer
Was braucht das Glück?

Ihr Lieben, habt Ihr euch schon mal gefragt, was für Euch Glück bedeutet? Ist das Glück ein Ziel, was man erreichen kann?

Oder vielmehr eine Einstellung? Ein bewusstes Verhalten? Die Werte, die wir täglich leben? Die Beziehungen, die wir pflegen? Müssen wir kämpfen, um glücklich zu werden?

Oder sollten wir das bereits vorhandene Glück besser wertschätzen? Dankbarer sein?

Denn tatsächlich ist es so: Worauf wir unsere Aufmerksamkeit immer wieder und wieder richten, das wird mehr und mehr zur Wirklichkeit.

Wir können tatsächlich das Drehbuch unseres Lebens selbst gestalten. Und sollten uns manche Teile des Films doch nicht gefallen, dann hilft es nichts, wenn wir lamentieren oder mit Popcorn auf die Leinwand schießen.

Es liegt vielmehr in unserer Hand, dieses Drehbuch unseres Lebens neu zu schreiben und Teile des Filmes neu zu drehen.

Und, meine Lieben, erinnert euch stets daran, dass ein erfülltes Leben keine Glückssache ist. Es ist euere Entscheidung!

***

Danksagung

Mein Dank geht an meine Eltern für ihre Liebe und Unterstützung. Ich danke Peter – die Antwort auf meine Wunderfrage – fürs Zuhören, fürs Mut machen und für die gemeinsame Zeit.

Besuchen Sie uns im Internet:
www.verliebtvsliebe.de